BRUCIA PER ME

Il Fuoco della Passione

J.H. CROIX

Traduzione italiana: Laura Marastoni

Progetto grafico di copertina: Cormar Covers

Fotografia di copertina: FuriousFotog/Golden Czermak

Modelli in copertina: Chase Ketron, Hannah Nicole

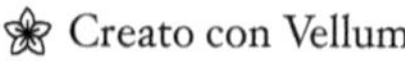 Creato con Vellum

Capitolo Uno

AMELIA

Mi fiondai dentro il bar e strinsi gli occhi per la luce accecante. Mi scostai una ciocca di capelli umidi dal viso e mi feci strada tra i tavoli, marciando dritta verso il bancone. Il barista, un giovane allegro con grandi occhi azzurri, si voltò a guardarmi non appena scivolai su uno degli sgabelli.

"Tank," si presentò, "Giornataccia, eh? Cosa ti porto?" domandò con un sorriso cortese.

"Una birra, grazie."

"Alla spina?" mi chiese.

Risposi con un cenno del capo e si mise subito al lavoro. Poco dopo mi porse una birra e un piccolo asciugamano. Me lo passai sui capelli fradici e sul volto per poi restituirlo al barista. Ero determinata a dimenticare quella giornata di merda.

Non ci misi molto a scolarmi tutta la birra. Riuscii finalmente a sentirmi libera, in quel bar affollato di Anchorage, Alaska, dove nessuno mi conosceva. Ero rifugiata in un angolino, dal quale potevo scrutare gli altri clienti rimanendo inosservata. Tank mi lanciò un'occhiata inquisitoria e, annuendo, sollevai il mio boccale vuoto. Con aria d'intesa me ne versò un'altra, mentre mescolava un cocktail per un cliente. Quella sera evitai qualsiasi interazione umana.

Tank era stato l'unica eccezione. Il mio abito da sposa ricoperto di fango non sembrò suscitargli il minimo sconcerto. Lo stesso valeva per gli altri clienti. Anchorage era una città molto grande, dove la gente non si curava di chi voleva essere lasciato in pace. Ma erano comunque tutti molto gentili. Nonostante l'estensione del territorio, gli abitanti dell'Alaska erano concentrati nelle città principali, uniti dalla consapevolezza di vivere ai confini del mondo, ma con lo spirito necessario per affrontarne le condizioni.

Bevendo un sorso della mia terza birra realizzai che stavo esagerando e che l'alcol stava iniziando a darmi alla testa. Passai un dito sulla seta color panna del mio abito da sposa, o meglio, da non-sposa; proprio quando avevo finito di prepararmi avevo sentito una morsa al petto che mi aveva riempita di dubbi.

Mi sforzai di soffocare le emozioni che rischiavano di travolgermi, mentre il mio sguardo cadeva sul corpino aderente del vestito e balzava sulle macchie di fango che imbrattavano la gonna a ruota. Oh, già. Non avevo soltanto abbandonato il mio promesso sposo all'altare, ma mi ero anche data alla fuga sotto la pioggia. E come se non bastasse, mi sentivo incredibilmente sollevata. Non provavo alcun rimorso, alcun ripensamento, soltanto sollievo. Sospirai dopo aver bevuto un altro sorso di birra.

Arrivata in chiesa avevo fatto irruzione nel camerino di Earl, dove lo avevo trovato in tutto il suo splendore: alto, capelli biondo scuro, occhi marroni. Era proprio il disinteresse espresso da quegli occhi che mi aveva indotta a dirgli che non potevo sposarlo. Quando Earl mi guardava c'era sempre un'espressione gentile sul suo volto, in un patetico tentativo di apprezzarmi per ciò che ero. Eppure, tra di noi non c'era mai stata quell'ardente passione che soltanto un uomo prima di lui era riuscito a farmi provare. Mi ero scusata, ma l'avevo tanto odiato per aver provato a ingannare entrambi con l'illusione di un amore che non c'era mai stato.

Dopo una corsa sotto la pioggia estiva mi ero sentita come purificata. Quando avevo iniziato a sentire freddo mi ero rifugiata in quel bar. Non sapevo nemmeno come si chiamasse. Mi ricordai di colpo che non avevo un centesimo, dato che durante la cerimonia non avrei avuto bisogno della borsetta. Beh, ero nei guai. Vidi il mio riflesso nello specchio dietro il bancone e repressi un sospiro. La mia chioma ambrata era un groviglio umidiccio.

Cercavo di non preoccuparmi troppo del mio fisico, ma purtroppo non era così facile. Ero alta come molti uomini e in più gestivo un'impresa edile. Per quanto provassi a nasconderlo, non ero mai riuscita a vivere bene il rapporto con la mia femminilità. E il fatto che tutti gli uomini, compreso Earl, mi trattassero come un uomo di certo non aiutava. C'era stata soltanto un'eccezione.

Scossi con decisione la testa e mi guardai di nuovo intorno, osservando l'amalgama di gente. Era un locale frequentato da ogni genere di persona, dagli uomini d'affari ai pescatori. I televisori sparsi per il bar trasmettevano soltanto canali sportivi e in un angolo vi erano ammassati dei tavoli da biliardo. Optai per quella distrazione. Amavo il biliardo ed ero pure piuttosto brava.

In pochi minuti trovai tre ragazzi disposti a unirsi a me. Lanciarono qualche occhiata storta all'abito da sposa e sembravano piuttosto divertiti dalla situazione.

Aiutata dall'alcol e dal menefreghismo più assoluto, ero determinata a batterli.

Circa un'ora dopo, seguii con lo sguardo la mia ultima biglia entrare in buca. "È stato un vero piacere, ragazzi," dissi poi, guardandoli.

I ragazzi in questione avevano bevuto durante tutta la partita e il loro umore non aveva fatto che peggiorare. Il più massiccio, capelli e occhi scuri, mi lanciò un'occhiata velenosa: siccome avevamo deciso di scommettere sulla partita, mi dovevano cinque dollari ciascuno.

Allora Hulk, come lo chiamavo tra me e me, si avvicinò con fare minaccioso. "Da noi non avrai neanche un centesimo, capito?"

Tutto l'alcol che avevo bevuto mi diede una botta di coraggio e raddrizzai la schiena, arrivando al mio metro e ottanta. Nonostante fosse più robusto di me, lo superavo di qualche millimetro. "Ah, capisco. Ti piace scommettere solo quando pensi di avere la vittoria in pugno? Che idiota," dissi in tono di scherno.

Avevo ormai perso ogni briciolo di lucidità, travolta dalle emozioni e dalla rabbia che avevo represso in quei due anni sprecati con Earl e dagli effetti dell'alcol. Quando quel cretino fece un altro passo avanti e mi appoggiò un dito sul petto agii senza riflettere. Sganciai un pugno che lo colpì dritto sul naso.

"Maledetta troia!" gridò passandosi la manica sul viso, per ripulirsi dal sangue colato dal naso.

Perse completamente la testa e in un istante vidi il suo pugno calare sul mio occhio. La potenza del colpo mi scaraventò a terra, un sacco di patate avvolto in un abito di seta sporco di fango. Per fortuna l'alcol che avevo in corpo attenuò il dolore. Osservando la scena notai il cerchio quasi perfetto creato dalla mia gonna di seta e, escludendo non solo il fango, ma anche il pavimento lercio e la folla radunatasi attorno a noi, pensai che sarebbe stata un'immagine perfetta per una foto di nozze — uno di quegli scatti spontanei che alla gente piace tanto.

In un baleno, Tank spinse via Hulk e intorno a me si accese una violenta discussione.

"Ehi, è stata lei a colpirmi!"

"Si stava soltanto difendendo..."

"Sì, ma è una ragazza..."

"È un cazzo di gigante e fa pure a botte. Non è una ragazza!"

Chiusi gli occhi e avrei tanto voluto sprofondare. L'adrenalina che mi aveva tenuta in piedi fino a quel momento lasciò il posto all'umiliazione. Quel cretino aveva ragione. Ero un gigante e nessuno sarebbe mai riuscito a vedermi oltre le apparenze.

"Amelia?"

Il mio cuore si fermò e riprese a martellare violentemente. Avrei riconosciuto quella voce ovunque. Perfino in quella baraonda, con Tank chino su di me per chiedermi se stessi bene, quella voce risuonò nelle mie orecchie come una campana. Soltanto un uomo, uno solo, mi aveva guardata con occhi così ardenti di passione che mai avrei potuto dimenticare. E quell'uomo aveva appena pronunciato il mio nome. Non c'era bisogno che aprissi gli occhi per sapere che era lui. Ma lo feci comunque, perché dovevo assolutamente vederlo.

Cade Masters era lì, insieme agli altri clienti raccolti intorno a me, un altro uomo in un bar pieno di uomini. Capelli castano scuro arruffati, occhi verdi, fisico da urlo. Era come se il mio cuore si fosse appena spaccato in due. Quando non ero altro che una giovane sprovveduta avevo amato Cade con tutta me stessa.

Erano passati soltanto sette anni dall'ultima volta che ci eravamo visti, ma a me era sembrata un'eternità. A ventidue anni Cade mi aveva spezzato il cuore, tagliandomi fuori dalla sua vita. Peggio ancora, mi aveva tradita.

Cominciai a ribollire di rabbia, ma non riuscivo comunque a distogliere lo sguardo. Me lo stavo divorando con gli occhi. Portava dei jeans aderenti che gli abbracciavano dolcemente le gambe muscolose e una giacca in jeans sopra una maglietta nera. Sembrava il classico motociclista amante dell'avventura. Molto tempo prima, avevamo fatto lunghi giri in moto per le strade quasi deserte attorno al nostro paesino. Si fece strada tra la folla e si chinò al mio fianco, lasciando scorrere i suoi occhi verdi sul mio corpo. "Stai bene?" mi chiese.

Annuii distrattamente. Sollevò una mano e mi sfiorò delicatamente la guancia. "Oh, giusto," pensai, qualcuno mi aveva appena tirato un pugno. Non riuscivo a pensare ad altro che a Cade. Quel minimo contatto della sua pelle scatenò in me una travolgente vampata di calore e iniziò a battermi forte il cuore.

"Sei sicura?"

Deglutii nervosamente, accorgendomi soltanto in quel momento della guancia pulsante. Ripensai a quella giornata di merda. Provai a trattenere le lacrime, che iniziarono comunque a gonfiarmi gli occhi senza che potessi fermarle. Una lacrima iniziò a scivolarmi sul viso, seguita da un'altra e un'altra ancora. Perché il destino mi aveva fatto incontrare l'unico uomo che avessi mai amato proprio in quelle circostanze orribili?

Il suo sguardo non si staccò mai dal mio. Scorsi un luccichio nei suoi occhi che non riuscii a decifrare. Senza una parola, mi avvolse un braccio attorno alla vita e uno sotto le ginocchia, tirandomi su come se fosse la cosa più naturale del mondo. "Adesso ti porto fuori da qui," disse, iniziando ad allontanarsi.

Tank lo afferrò per un braccio e Cade si girò a guardarlo. "Sì?"

"Voglio solo assicurarmi che stia bene," rispose Tank.

Non potei fare altro che annuire. Dentro di me non mi sentivo affatto bene, ma quello non c'era bisogno che lo sapesse.

Tank mi guardò dolcemente negli occhi. Nonostante mi avesse appena conosciuta, aveva capito che per me era stata una giornata terribile e che volevo soltanto essere lasciata in pace con una birra in mano. Non mi sarei dovuta alzare da quello sgabello. Onestamente, era colpa mia e del mio turbamento interiore se mi ero cacciata in quel pasticcio.

"Vuoi che chiami la polizia?" chiese Tank.

Scossi la testa e ritrovai finalmente la voce. "No. Così siamo pari. Io ho picchiato lui e lui ha picchiato me."

"Lo conosci?" mi domandò in seguito Tank, riferendosi a Cade.

"Sì, sì. Tranquillo, è un vecchio amico di famiglia. Non preoccuparti," risposi. Non stavo mentendo. Io e Cade eravamo cresciuti insieme a Willow Brook, in Alaska. I nostri genitori erano amici di lunga data. Eppure, tralasciai di aggiungere quanto quell'uomo fosse speciale per me.

Tank lasciò andare Cade, che si allontanò in silenzio, passando tra la folla che si scostò per farlo passare. Dev'essere stata proprio una bella immagine: io con il mio abito da non-sposa lercio e lui che mi trasportava con la sua solita espressione austera. Fu un vero shock rivederlo per la prima volta dopo tanti anni, ma ancora di più essere tra le sue forti braccia, dove mi sentivo a casa. Come sempre, riusciva a reggermi senza fare il minimo sforzo. Era un qualcosa che avevo sempre amato. Cade era dieci centimetri buoni più alto di me e non aveva mai dato peso alla mia altezza. Aprì la porta con la spalla e l'aria della tarda sera ci accolse all'esterno, dove aveva smesso di piovere.

Si fermò sul marciapiede e abbassò lo sguardo, incrociando il mio. "Perché indossi un abito da sposa?"

Tipico di Cade; non gli era mai piaciuto perdere tempo con i preliminari. Altra cosa che amavo di lui. Oh, quante cose amavo di Cade, prima che mi frantumasse il cuore in mille pezzi. Ma in quel momento avevo come dimenticato tutto il mio dolore. Riuscivo a pensare soltanto a quanto mi sentissi felice di averlo ritrovato.

Capitolo Due

CADE

"Oggi dovevo sposarmi. Ma non l'ho fatto," disse Amelia.

La guardai, cercando di riprendere il controllo dei miei pensieri incoerenti. Ma quando si trattava di Amelia Haynes, mantenere il controllo era sempre stato impossibile. Anzi, in quel momento ero quasi tentato di portarla al municipio poco più avanti per sposarla seduta stante. Maledizione, lo desideravo più di ogni altra cosa.

Tuttavia, il ricordo della sua espressione l'ultima volta che l'avevo vista mi trattenne. Aveva beccato la sua migliore amica che provava a baciarmi sul letto. Non importava che fossi rimasto sconvolto nello svegliarmi e vedere Shannon nuda che stava salendo sul mio letto. No, Amelia aveva visto soltanto il momento in cui Shannon aveva premuto le labbra sulle mie. Peggio ancora, le aveva mentito, affermando che non era stata la prima volta. Amelia era prima impallidita e poi aveva iniziato a fremere di rabbia. Non mi aveva mai dato l'occasione per spiegarmi. Tra me e Shannon non c'era mai stato niente, ma Amelia mi aveva tagliato completamente fuori dalla sua vita. Come se non bastasse, una settimana dopo avrei dovuto lasciare Willow Brook per un anno intero. Non c'era il tempo materiale per risolvere la faccenda.

Ero talmente sconvolto emotivamente che non riuscivo a pensare in modo lucido. Avevo lasciato Willow Brook per un anno di formazione in California con una squadra di pompieri specializzata nel contenere gli incendi boschivi, chiamata hotshot. E decisi di rimanere lì, tornando solo di rado nella mia città natale per trovare i miei genitori, ma all'inizio Amelia non la volevo vedere. Ero incazzato nero perché mi aveva tagliato fuori dalla sua vita senza alcuna esitazione. Quando decisi che forse era giunto il momento di provare a riappacificare i rapporti ormai era troppo tardi e frequentava già Earl Osborne. Quindi, con amarezza, accettai di lasciarmi il passato alle spalle.

Quel giorno mi trovavo ad Anchorage per sbrigare alcune commissioni prima di tornare a Willow Brook l'indomani. Ero stato assunto come caposquadra di una squadra hotshot con sede nella caserma di Willow Brook. Avevo finalmente deciso di tornare nella mia piccola cittadina perché non riuscivo a sentirmi a casa da nessun'altra parte. Speravo di aver dimenticato Amelia, ma era bastato un suo sguardo a soggiogarmi.

La guardai negli occhi, cercando di riordinare i miei pensieri. I suoi occhi erano color cognac ambrato. I suoi capelli con riflessi dorati le ricadevano in confuse onde sulle spalle. Era un completo disastro: l'abito da sposa era lercio, un livido le si stava formando poco sotto l'occhio, ed ero piuttosto sicuro che fosse ubriaca.

Ricambiava il mio sguardo e mi resi conto di non avere ancora detto una parola. "Oggi dovevi sposarti?"

"Eh, già." Annuì con decisione. "Proprio così. Ma

me ne sono andata. Non ce l'ho fatta. E vuoi sapere perché?" chiese, con una certa sfacciataggine.

"Perché?"

Mi piantò l'indice nel petto. "È tutta colpa tua."

Ero confuso, molto confuso. Com'era possibile che non si fosse sposata per colpa mia?

"Amelia, non riesco a seguirti," le risposi.

Alzò gli occhi al cielo, sbuffando in modo teatrale. "Nessuno mi ha più guardata come mi guardavi tu. E il problema è proprio questo. Perché dovevi tradirmi in quel modo?"

Mentre le sue parole mi riecheggiavano nelle orecchie lei continuava a parlare, in modo sempre più confuso, biascicando un po' le parole. "Earl ci ha provato, oh quanto ci ha provato, a fingere di tenere a me, ma era uguale a tutti gli altri uomini che abbia mai frequentato. Non che siano stati molti. Sono troppo grassa, non sono abbastanza femminile. È come se mi avesse scelta soltanto per dimostrare di essere un vero uomo. Stupida, stupida, stupida." Scandì gli insulti sbattendo la fronte contro il mio petto, mentre io rimanevo pietrificato sul marciapiede. I veicoli sfrecciavano sulla strada, i pedoni ci passavano attorno.

Sollevò di nuovo la testa, lanciandomi un'occhiata accusatoria. "Pensavo che tu fossi diverso. Ma invece, eri proprio come tutti gli altri."

Mi sentii ribollire di rabbia. Era stata così brava a tagliare i ponti che non avevo nemmeno mai avuto l'occasione di spiegarle cosa *non era* successo tra me e Shannon. Guardai Amelia e iniziai a camminare a passo svelto, mosso dalla rabbia repressa per ciò che un tempo ci aveva divisi e dalla nuova ondata di rabbia per le parole terribili rivolte a se stessa. Iniziò ad agitare le gambe.

"Che stai facendo?"

Non le risposi, perché nemmeno io lo sapevo. Per puro caso, il mio pick-up era parcheggiato poco più avanti. Quando ci arrivai, la misi giù. Non appena toccò terra provò a spingersi via da me, ma inciampò. Mi mossi senza pensarci e riuscii ad afferrarla in tempo, stringendola forte a me. Una scarica di desiderio mi attraversò. Amelia era una donna alta e robusta, con curve generose. Proprio come un tempo, il mio corpo sapeva esattamente cosa voleva.

Avevo sempre amato poterla guardare direttamente negli occhi. Il mio sguardo si abbassò involontariamente sulle morbide curve del suo seno, accentuato dal top attillato del suo abito da sposa. Quando mi costrinsi a risollevare gli occhi vidi che mi stava fissando sbalordita.

L'aria si caricò di un'elettricità familiare. Amelia era davanti a me. Eravamo insieme. I nostri sentimenti non erano svaniti, anzi, bruciavano più ardenti che mai. In un angolo remoto della mia mente, sapevo che non dovevo farlo. Se volevo sistemare le cose con lei, dovevo andarci piano. Eppure, con Amelia tra le braccia e i suoi occhi color ambra in fiamme, feci l'unica cosa che desideravo. La spinsi contro il mio pick-up. "Non sei troppo grassa. Non dire mai più niente del genere," grugnii prima di premere le labbra sulle sue.

Era come se il tempo non fosse mai passato. Beh, se non per il fatto che riversai sette anni di desiderio represso in quel bacio. Si inarcò contro di me, infilandomi bruscamente una mano tra i capelli, gemendo sulla mia bocca ad ogni carezza della sua lingua contro la mia. Non riuscivo a smettere di baciarla. Era così bello, così dannatamente bello. Mi si spense il cervello e riuscivo soltanto a sentire il suo corpo contro il mio.

Un clacson suonò nelle vicinanze e Amelia si staccò da me.

Aprii gli occhi, con il cuore che mi martellava così forte nel petto che avrebbe potuto spezzarmi una costola. Portò indietro la testa, appoggiandola contro il mio pick-up. Chiuse gli occhi, con il respiro affannato. Sciolse le dita dai miei capelli e lasciò scivolare il palmo della mano fino al mio petto. Dopo un momento, li riaprì.

"Perché l'hai fatto?" chiese infine, sovrastando il battito dei nostri cuori.

"Non ho mai smesso di pensare a te."

Capitolo Tre

AMELIA

Mi svegliai di soprassalto, aprendo gli occhi nell'oscurità. Sebbene non ricordassi il mio sogno, gli incubi provocati dall'ansia mi stavano perseguitando ormai da mesi. Ogni tanto riuscivo a ricordarne qualcuno, ma erano tutti surreali. In uno recente stavo precipitando da un aereo in volo. Erano iniziati poco dopo aver confermato la data di nozze. In retrospettiva, avrei dovuto capirne subito il motivo. Vivevo in un perenne stato di ansia e nervosismo dovuti all'incombente matrimonio e dentro di me sapevo che in realtà nessuno dei due voleva compiere davvero quel passo. Ovviamente, non potevo parlare per Earl, ma era indubbio che i miei sentimenti per lui non fossero sinceri. Avevo già conosciuto l'amore — quello sfrenato, travolgente — e la passione — quella irrefrenabile, cocente — quindi sapevo a cosa avremmo dovuto rinunciare.

Inizialmente mi sentii spaesata, e poi mi resi conto di non essere sola. Quando i miei occhi si abituarono all'oscurità iniziai a intravedere i contorni sfocati dell'arredamento spartano di una camera d'albergo. Il corpo dietro di me non era certamente quello di Earl. Come potevo esserne così sicura? Perché quell'uomo era accoccolato contro il mio corpo e riuscivo a sentire la sua vigorosa erezione sul fondoschiena. Earl, invece, dormiva sempre supino e lontano da me. La mia mente si risvegliò di colpo dal suo torpore.

Cade Masters. Qui. Con me. Nello stesso letto. L'inquietudine si trasformò in un turbinio di emozioni che mai avevo provato prima. Era così tanto, tanto, tanto, tanto bello essere tra le sue braccia. Dopo la fine della nostra relazione nessun altro uomo mi aveva più trattata in modo così espansivo. Per lui il contatto fisico era fondamentale, sempre e comunque. Quando eravamo in pubblico mi poggiava un braccio sulle spalle o mi prendeva per mano. Quando eravamo soli, beh... eravamo due ragazzini perdutamente innamorati. Prima di compiere i diciott'anni non perdevamo mai l'occasione per vederci di nascosto, ma poi avevamo smesso di preoccuparcene. Dormivamo insieme proprio in quella posizione — con lui accoccolato dietro di me e una delle sue forti mani poggiata sulla mia pancia.

Per quanto fosse meraviglioso averlo al mio fianco, sapevo quanto fosse pericoloso. La mia felicità venne rimpiazzata da un certo senso di tristezza. Il giorno prima era stato un disastro. Mentre correvo per Anchorage avevo gettato il telefono in un fosso chissà dove. Non volevo rispondere ad alcuna telefonata. Avrò camminato per almeno un'ora prima di rifugiarmi nel bar in cui avevo incontrato Cade. Oh, cielo, avevo scatenato una rissa. Odiavo la mia vita e quella ne era stata la prova eclatante. Avevo ferito Earl, ma anche lui era stato sleale nei miei confronti. Non riuscii mai a capire perché volesse sposarmi, ma sapevo che non mi amava. O almeno, non come aveva fatto Cade tutti quegli anni prima.

Anzi — non come *pensavo* avesse fatto Cade. Era ancora una ferita aperta. Avevo perso due persone importanti in un solo giorno — Cade e la mia amica Shannon. Avevo passato il fine settimana fuori città, per motivi che non ricordavo più. Ma quando ero tornata nella nostra casetta avevo trovato Shannon — completamente nuda — sul letto insieme a lui, che lo baciava. La scena mi aveva spezzato il cuore per ovvi motivi, ma come non bastasse il solo tradimento, Shannon era la classica ragazza bellissima e femminile a cui andavano tutti dietro al liceo. Vederla con Cade mi aveva lasciato un segno profondo e quel profondo senso di inferiorità che avevo provato in quel momento non mi aveva più abbandonata.

Negli anni successivi, pur avendo motivi a sufficienza per riconsiderare gli eventi di quel giorno, ero troppo accecata dal dolore e dalla rabbia per farlo.

Rimasi immobile, cercando di capire se Cade fosse già sveglio. Nonostante fossero passati sette anni, ero ancora in grado di riconoscere dal suo respiro se stesse dormendo o meno, e in quel momento era sicuramente addormentato. Con il suo membro duro premuto contro di me, non osai muovermi di un millimetro. Porca miseria però, quanto ero eccitata. Iniziai a sentire la calda umidità palpitare all'apice delle mie cosce. Nonostante la confusione mentale, il mio corpo sapeva esattamente cosa voleva. Se avessi ceduto all'istinto mi sarei strofinata contro di lui, per poi girarmi e saltargli addosso. Deglutii nervosamente e cercai di non pensarci, ma era impossibile. Avvertii il bisogno spasmodico di sentire di nuovo Cade dentro di me. Il cuore mi martellava nel petto, mentre la mia femminilità si contraeva e pulsava di desiderio.

Ricordavo vagamente quel bacio che ci eravamo scambiati la sera prima sul marciapiede. Ero ubriaca marcia. Prima dell'incidente con Hulk, probabilmente avevo bevuto altre tre birre. Poi, Cade mi aveva aiutata a salire sul suo pick-up per portarmi in questo hotel. Dopo che avevo rischiato di cadere rovinosamente sugli scalini all'ingresso, mi aveva presa in braccio per portarmi verso l'ascensore.

Non ricordavo di essermi tolta l'abito da sposa. Presi tra le dita l'angolo della maglietta che stavo indossando. Era quella di Cade. Avvolta dal suo profumo, mi si strinse il cuore. All'improvviso, mi ritrovai a dover cacciare indietro le lacrime. Avrei dovuto piangere il giorno prima, quando avevo scaricato Earl. Ma invece, l'ondata di emozioni che mi sommergeva non aveva nulla a che fare con il mio ex, ma soltanto con l'uomo rannicchiato alle mie spalle. Provai a scacciare il groppo in gola e a calmarmi.

Dovevo trovare il modo di alzarmi e andarmene. Non potevo affrontare Cade. Non in quel modo. Non quando non volevo fare altro che piangere e l'unica persona che avrebbe potuto placare il mio dolore era lui. Facendo attenzione a non svegliarlo, iniziai a spostarmi verso il bordo del letto. Ma quanto era difficile. Proprio come lo era stato sette anni prima, quando l'avevo tagliato fuori dalla mia vita. Però allora la rabbia e il dolore l'avevano reso più facile, spingendomi via da lui.

Il desiderio di abbandonarmi tra le forti braccia di Cade e cancellare quei sette lunghi anni di risentimento era così intenso che riuscivo a muovermi solo grazie alla forza di volontà. Ma Cade si mosse di colpo. La sua mano scivolò sul mio ventre e sulla curva del fianco. Il suo palmo calloso mi fece venire la pelle d'oca. Era un uomo estremamente virile, dentro e fuori. Perfino prima di partire per quel corso di formazione per diventare un hotshot, era un uomo con una passione che ardeva ad alto numero di ottani, che trasudava una mascolinità allo stato puro. Non lo ritenevo possibile, ma era diventato ancora più affascinante. Per quanto i miei ricordi della serata precedente fossero piuttosto confusi, non avevo dimenticato il momento in cui avevo posato gli occhi su di lui in quel bar. Il mio cuore si strinse di nuovo. Era ancora lo stesso Cade di un tempo, ma non mi era sfuggito il suo sguardo distante e cauto quando aveva incrociato il mio per la prima volta dopo tutti quegli anni.

La sua mano continuò a scendere lungo l'incavo della vita, per poi posarsi sotto la curva del seno. Mi si inturgidirono i capezzoli, un'ondata di desiderio mi travolse. Sicuramente stava ancora dormendo. Vero? Con un altro respiro profondo, ricominciai ad allontanarmi e sentii il suo respiro accelerare di colpo. Merda. Lo spazio che ero riuscita a creare tra di noi venne riempito di nuovo. Il suo membro duro tornò a piantarsi sul mio fondoschiena. La mia femminilità pulsava di desiderio e non volevo altro che immergermi di nuovo in quelle sensazioni ardenti che mai ero riuscita a dimenticare. Resistergli era praticamente impossibile; il sesso con qualunque altro uomo non si era mai avvicinato a quello che mi aveva fatto provare anni prima Cade.

Sentii un brivido quando realizzai che si stava svegliando. Rimase immobile, ma riuscivo comunque a percepire la tensione che gli vibrava dentro. Percorsa da una vampata di calore, sapevo che dovevo trovare una via d'uscita da quella situazione, per quanto non avrei voluto fare altro che abbandonarmi a lui. Ricordai che la sera prima, dopo avermi baciata, aveva alzato un muro.

Al diavolo. Non potevo permettermi di fare la codarda. Con uno scatto, allontanai la sua mano dal mio seno. Poi mi girai verso di lui e, quando aprii gli occhi... Santo. Cielo.

La stanza era avvolta dall'oscurità, ma una fioca luce che trapelava dal bagno illuminava il letto, e così Cade. Quando lo guardai, per poco non mi sciolsi. I suoi meravigliosi occhi verdi erano incollati ai miei, mentre mi scrutava con uno sguardo cupo e intenso. Per un istante, mi sentii smarrita e sola. Il Cade che conoscevo era nascosto dietro quello sguardo impenetrabile. Mi sentii mancare il fiato, il cuore mi martellava violentemente nel petto.

Dire che non sapevo come reagire potrebbe essere l'eufemismo del secolo. L'aria sembrò appesantirsi di colpo, carica di tutto il dolore che ci eravamo trascinati dietro per anni e dei tentativi falliti di voltare pagina. Dopo un momento di silenzio, si appoggiò su un gomito. La sua mano era scivolata di nuovo sul mio ventre e aveva iniziato ad accarezzarlo pigramente con il pollice. Non riuscivo a pensare ad altro, mentre la mia pelle bruciava sotto il suo tocco. Bastò una carezza a farmi perdere completamente la testa. Mi sentivo mancare il fiato, mentre la lucidità rischiava di abbandonarmi.

Cercai di non perdere il totale controllo di me stessa. "Cade..."

Mi aveva salvata. "Amelia, non c'è bisogno di parlarne adesso. Ok?" chiese, con voce roca.

"Ok," farfugliai, senza sapere cos'altro dire.

A quel punto, decise di sostituire il suo braccio con il cuscino. Aveva ancora gli occhi puntati su di me e non riuscivo a distogliere lo sguardo. Mi sentivo quasi soffocare da tutti quei sentimenti che avevamo represso per anni. Cade aveva sicuramente colto il mio turbamento. Molti anni prima, avrebbe trovato un modo per distogliermi dai brutti pensieri. Ma ormai tra noi era cambiato tutto. Non si scostò, ma rimase in silenzio.

Dopo un po', parlò di nuovo. "Rimettiti a dormire, Amelia."

Sollevò una mano per spostarmi i capelli ingarbugliati dal viso. Sospirando, chiusi gli occhi. Quel senso di angoscia che mi attanagliava il petto allentò la presa quando iniziai a rilassarmi accanto a Cade. Nonostante la sua diffidenza, con lui riuscivo a sentirmi me stessa. E così, mi lasciai andare al sonno.

Capitolo Quattro

CADE

Bevvi un sorso del mio caffè — doppio, senza zucchero, proprio ciò che mi serviva per riprendermi da quel senso di disorientamento che provavo. Amelia era seduta di fronte a me, con un gomito sul tavolo mentre sfogliava il menù della tavola calda. Indossava una delle mie magliette e un paio di jeans acquistati in un grande magazzino poco distante dall'albergo. Nonostante un occhio nero e l'aria esausta e indolente, era così bella da togliermi il fiato. Sentendo il bisogno di tornare con i piedi per terra, sorseggiai di nuovo il mio caffè amaro.

Il sole riluceva sui suoi capelli ambrati, tingendoli d'oro. La notte passata con Amelia era stata una delle più difficili della mia vita. La desideravo così ardentemente da stare male. Aveva bevuto così tanto che non ricordava nemmeno di essere uscita dal bagno sculettando, dopo essersi strappata di dosso l'abito da sposa, e di essermi saltata addosso. Sdraiato sul letto l'avevo spinta via bruscamente, per quanto la desiderassi con tutto me stesso. Era ubriaca e aveva appena abbandonato il suo promesso sposo all'altare. Mi aveva raccontato di non aver mai amato Earl e che secondo lei nemmeno lui l'aveva mai amata. E a quanto pare, non aveva mai smesso di pensare a me.

Ancora non ero riuscito a metabolizzare la situazione. Amelia era una donna passionale. Con lei non esistevano le mezze misure. Era stata lei a decidere di tagliarmi fuori completamente dalla sua vita, quindi mi sembrava strano che non avesse mai smesso di pensare a me. Io non ero mai riuscito a togliermela dalla testa, ma la sua confessione mi fece infuriare. Non mi aveva mai dato l'occasione per spiegarle che con Shannon non era successo assolutamente nulla. Non riuscivo a dimenticare il dolore con cui avevo dovuto convivere per tutti quegli anni, per quanto avessi tanto voluto farlo. Non sapevo nemmeno se i miei sentimenti in quel momento fossero reali. O non erano altro che un'eco di quelli passati? Forse avevo soltanto bisogno di togliermela dalla testa una volta per tutte.

Amelia chiuse il menù e mi guardò. Sentii una fitta di dolore al cuore. Amelia era... beh, non era certo una donna facile. All'esterno appariva così forte — alta, tutta gambe e possente; trasudava sicurezza e una forza innata. Eppure, dietro quella facciata nascondeva un lato tenero.

Oh, cazzo. Ogni volta che la guardavo mi faceva impazzire. E peggio ancora, ce l'avevo ancora duro. Ed era così dalla sera prima, quando l'avevo portata fuori da quel bar. Avevo provato a sfogarmi sotto la doccia quella mattina, ma non era bastato. Quando ero con lei non riuscivo a tenere a freno il desiderio. Anche se l'erezione non era più imponente come lo era stata quella mattina quando mi ero svegliato accanto a lei, era comunque visibile.

Bevvi un altro sorso di caffè, che stava quasi finendo. Attirai l'attenzione della cameriera, che notando la mia tazza vuota mi fece un cenno d'assenso. Mi voltai di nuovo verso Amelia e decisi che dovevo trovare un modo per parlarle. Nonostante i nostri trascorsi, mi stavo trasferendo di nuovo a Willow Brook, quindi sarebbe stato meglio per entrambi mettere da parte il rancore.

"Quindi..."

La guardai. Volevo essere spietato, senza peli sulla lingua. Ma il mio sguardo cadde sul livido violaceo che incorniciava il suo occhio, nascondendo una profonda sofferenza, e decisi di trattenermi. Non dovevo lasciarmi trascinare troppo dall'amarezza. Era Amelia, l'unica donna che avessi mai desiderato. Nonostante tutta la rabbia, un tempo l'avevo amata da impazzire. E l'eco di quell'amore — in tutta la sua gloria sublime — rimbombava ancora forte dentro di me. E dopotutto, sapevo benissimo perché aveva iniziato a odiarmi.

Avevo quasi perso la testa alla notizia delle sue nozze. Non potevo nemmeno sopportare il pensiero che potesse essere di un altro uomo. Migliaia di chilometri ci separavano e l'unico modo per andare avanti con la mia vita era sopprimere le mie emozioni.

Dopo l'incidente, avevo provato a parlarle per una settimana intera, ma invano. Testardo quanto lei, mi lasciai alle spalle Willow Brook, portandomi dietro rabbia e rancore. Quell'impegnativo anno di formazione e i seguenti anni di lavoro erano riusciti a tenermi la mente tanto impegnata da farmi dimenticare Amelia. O almeno, a illudermi di esserci riuscito.

Forse il mio errore più grande era stato quello di lasciare Willow Brook. Il tempo e la distanza mi avevano consentito di rimuginare anche troppo su tutte le menzogne che aveva intessuto Shannon. Maledizione, se non me ne fossi andato, prima o poi Amelia avrebbe ceduto e mi avrebbe ascoltato. Però avevo passato gli ultimi sette anni con la mia squadra, inseguendo un incendio distruttivo dopo l'altro.

Ma ero tornato definitivamente in Alaska. Amelia era lì e avevo completamente sottovalutato l'effetto che poteva avere su di me. Era in grado di intimorire qualunque uomo, sia per l'altezza, che per la sua forza o per la sfacciataggine. Il mio cuore era suo, così come lo era sempre stato.

"Sei senza macchina, immagino. Vero?" chiesi.

Amelia arrossì e scosse la testa. "Già. Mi ha accompagnata mia madre, dato che oggi, beh, saremmo dovuti partire per le Hawaii."

Ma certo. La luna di miele. All'idea che sarebbe potuta andare in luna di miele con un altro uomo sentii montare la rabbia dentro di me, ma feci un respiro profondo per non perdere la calma.

"Capisco. Vuoi che ti porti da qualche parte? Vuoi chiamare qualcuno?"

Il suo rossore si fece più intenso. "Ho buttato via il telefono. Senti, so che è una richiesta strana, ma potresti portarmi a Willow Brook e lasciarmi a casa di mio fratello, fuori città?"

Voleva che l'accompagnassi io? Santo cielo, non sapevo se ne sarei stato in grado.

Capitolo Cinque

AMELIA

Strofinai l'orlo della maglietta di Cade tra le dita. Avvolta nel suo profumo, tutti i sentimenti che provavo per lui mi assalirono, travolgendomi con forza. Guardai con interesse nella sua direzione. Il suo pick-up gli si addiceva: nero, con ogni accessorio all'avanguardia immaginabile, ma anche malconcio e ammaccato. Non voleva una bella macchina per fare scena. No, Cade aveva sempre usato al massimo i suoi veicoli. Non era soltanto la sagoma di cartone di un maschio alfa — era il maschio alfa per eccellenza, virile e mozzafiato.

In quei sette anni di distanza, il giovane e selvaggio Cade che conoscevo si era fatto uomo — dominante, vigoroso e focosamente sexy. Emanava un'aura pericolosa e di potere. Potevo soltanto immaginare tutto quello che aveva passato fino a quel momento. In quei sette lunghi anni avevo provato a cancellarlo dalla mia mente, ma ero riuscita soltanto a evitare di sentire sue notizie. Impresa titanica, in un paese piccolo come Willow Brook.

Esso era situato a neanche tre quarti d'ora da

Anchorage, dove si poteva ammirare sullo sfondo il monte Denali, la vetta più alta del Nord America. Grazie alla sua vicinanza ad Anchorage e al Parco Nazionale del Denali, Willow Brook era una meta per i turisti che si avventuravano in Alaska durante le stagioni più miti. Per accoglierli al meglio, offriva una varietà di ristoranti e negozi.

Mi domandai come avrei potuto spiegare gli eventi del giorno prima, ma scacciai subito quelle preoccupazioni dalla mia mente. Purtroppo, non potevo fare altro che raccontare la realtà dei fatti. Prima di tutto, dovevo pensare a cosa fare con Cade. Dato che mi ero impegnata così tanto a evitare qualsiasi pettegolezzo sul suo conto, sapevo soltanto che era andato in California per un anno di formazione e che era rimasto a lavorare in una caserma del luogo. Da quando ci eravamo rincontrati, non mi aveva raccontato molto di sé.

Mi sentii sopraffatta dalle emozioni. Maledizione. Mi sentivo un'idiota. La notte prima, dopo che Cade mi aveva respinta bruscamente, mi ero rifugiata sotto la doccia per piangere. Nonostante la sbronza, quella figuraccia era rimasta impressa nella mia memoria. Ma prima ancora, era stato lui a baciarmi. Un milione di domande mi frullarono per la testa e desideravo disperatamente delle risposte. Fanculo. Perché non chiedergliello direttamente? Non avevo niente da perdere.

Lo guardai e sentii una vampata di calore tra le gambe. Il suo profilo risaltava contro il cielo azzurro fuori dal finestrino alle sue spalle — zigomi sporgenti e il naso affilato, con una piccola gobba a causa di un incidente. Una volta, durante un'uscita in mountain bike insieme al suo amico John, era caduto a terra quando la ruota anteriore aveva colpito un masso. Mi si strinse il cuore al ricordo. Un tempo sapevo tutto di lui. Le nostre vite erano intrecciate ancora prima che iniziassimo a frequentarci al liceo. La sua famiglia viveva poco distante da noi e sua madre, Georgia, era rimasta molto amica della mia. Nonostante questo, ero riuscita comunque a evitare qualsiasi sua notizia per anni.

Il mio sguardo cadde sulla mano appoggiata al volante, così forte, con una cicatrice che sottolineava con una curva la radice del pollice. Ricordai allora la sensazione che avevo provato la notte prima quando l'avevo sentita su di me. Distolsi lo sguardo, con un nodo alla gola. Che seccatura. Non pensavo fosse possibile, ma lo desideravo più che mai, nonostante fosse passato appena un giorno da quando avevo abbandonato il mio promesso sposo all'altare. Proprio Cade, l'ex che mi aveva tradita.

Per qualche anno, mi era toccato incontrare occasionalmente Shannon per Willow Brook, ma per mio sollievo dopo qualche tempo si era trasferita ad Anchorage. Mi bastava dover convivere con il tradimento di Cade, che grazie al cielo era a chilometri di distanza. Vedere Shannon era come una scheggia di vetro nel cuore. Peggio ancora, la nostra cerchia di amici era rimasta coinvolta nel conflitto. L'indifferenza di alcuni di loro pesava ancora sul mio cuore ferito.

Riportai la mia mente al presente. Cade era lì con me e la sera prima mi aveva baciata fino a farmi perdere il fiato. Non ero mai stata una codarda e non lo sarei stata neanche in quel momento. "Quanto tempo resterai a Willow Brook?" chiesi.

Cade fissò i suoi occhi verdi nei miei e sentii le farfalle nello stomaco. "Definitivamente."

Ebbi l'impressione di cadere nel vuoto. Mi si strinse lo stomaco. Il cuore mi martellava così forte nel petto che facevo fatica a respirare.

"Cosa?" riuscii a dire con voce roca.

Cade mi lanciò un'occhiata veloce e poi riportò lo sguardo sulla strada.

Le lacrime iniziarono a bruciarmi gli occhi e sentii una morsa al petto. Un dolore pungente e acuto mi trafisse il cuore. Ero riuscita a nascondere la mia sofferenza dietro un muro di rabbia, ma la sua ferocia in quel momento mi sorprese. Quel muro era rimasto in piedi fino a quel momento soltanto perché Cade era diventato come un fantasma, ma era crollato nel momento in cui l'avevo rivisto. Ero rimasta completamente vulnerabile e non avevo idea di come rimettermi in piedi. Stava tornando a Willow Brook? Anche solo il pensiero era intollerabile.

Mi voltai a guardare fuori dal finestrino, dimenticando completamente il patetico tentativo di portare avanti una conversazione. Era stata una mattinata difficile, ma c'erano state molte cose da fare, come per esempio vestirmi e infilare l'abito da sposa infangato in una borsa gentilmente offerta dalla receptionist dell'albergo. In quel momento, guardavo il paesaggio sfilarmi accanto. Era piena estate, con vasti campi di lupini viola che sembravano ondeggiare al vento. Il Denali si ergeva nello specchietto retrovisore, mentre laghi e sporgenze rocciose fiancheggiavano la strada tortuosa che portava a Willow Brook.

Cade si fermò a un incrocio. Percepii il suo sguardo penetrante sulla nuca. Non avevo il coraggio di guardarlo, quindi rimasi in silenzio a fissare il panorama con gli occhi offuscati dalle lacrime che stavo trattenendo.

"Amelia?"

Mandai giù il groppo alla gola, ma non riuscii a rispondergli. Prese la strada che portava a Willow Brook e si fermò subito a un belvedere.

Confusa, mi girai a guardarlo. "Che fai?"

Spense il motore e mi guardò. "Dobbiamo parlare e chiarirci. Sono tornato. E rimarrò qui. Dobbiamo riuscire almeno a guardarci in faccia. Non pensi?"

Il mio cuore stava martellando talmente forte che rischiava di spezzarmi una costola. *Datti un contegno. Era inevitabile. Pensavi che Cade sarebbe rimasto per sempre in California soltanto perché conveniva a te?* In realtà, non riuscii nemmeno a pensarci. Il dolore era troppo grande.

Inspirai profondamente, cercando di riprendere il filo dei miei pensieri. Ero sconvolta, travolta da un vortice di emozioni che avevo represso per anni.

Cade mi guardò fisso negli occhi, inflessibile. In preda alla disperazione, mi aggrappai all'unica cosa che mi aveva aiutata a superare il suo tradimento — la rabbia.

"Non c'è niente di cui parlare," dissi, nauseata dall'acidità nella mia voce.

Inarcò un sopracciglio e si appoggiò al sedile, senza mai distogliere lo sguardo. Ero un vero disastro. Avevo un occhio nero, dei vestiti non miei addosso e avevo incontrato Cade nel momento peggiore della mia vita.

"Dato che sei ancora incazzata, suppongo che tu non abbia ancora capito che tra me e Shannon non è mai successo nulla. Anche se non vuoi parlarne, mi hai chiesto un passaggio, quindi ho pensato di approfittarne per chiarire le cose."

Ebbi di nuovo quella sensazione di cadere nel vuoto, precipitando alla velocità della luce. "Cosa?"

"Mi sembra di essere stato piuttosto chiaro. Non pensare di esserci rimasta di merda soltanto tu, eh. Ma ti assicuro che tra me e Shannon non c'è mai stato nulla. Non..."

Provai a interromperlo, ma il suo sguardo furente mi tappò la bocca.

"Hai mai provato a smascherare le carognate di Shannon?" Scosse la testa e continuò. "Non so che cazzo di problema avesse, ma si è divertita a fare casini. Quel giorno, ero sorpreso di vederla quanto te. Però te ne sei andata prima di vedermi spingerla via o di sentire tutte le stronzate che ha sparato. Non. Ho. Mai. Fatto. Nulla. Quindi, mentre tu eri così presa a odiarmi, io mi sono chiesto perché non ti fossi nemmeno preoccupata di scoprire la verità," disse con tono cupo, accentuato dal dolore.

Finalmente distolse lo sguardo e guardò davanti a sé. Ero sconvolta, con la mente e lo stomaco in subbuglio.

"Quindi vorresti dire...?"

Puntò di nuovo il suo sguardo intenso su di me. "Direi che è piuttosto chiaro. Mi hai tagliato fuori subito e non ho mai avuto modo di spiegarmi. Ammetto che ho passato una settimana di merda dopo che mi hai scaricato in quel modo. Ho evitato di parlarti perché non sapevo se sarei mai più tornato a casa. Ma quando ho iniziato a cambiare idea, mia madre mi ha detto che stavi con Earl. Quindi...?" Si strinse nelle spalle e distolse di nuovo lo sguardo.

Il mio cervello andò in tilt. Avevo passato anni a odiarlo per il suo tradimento e non sapevo più cosa pensare. Pronunciai le prime parole che mi vennero in mente. "Stai dicendo che tra te e Shannon non è successo nulla?"

I suoi occhi verdi saettarono di nuovo nella mia direzione e mi si annodò di nuovo lo stomaco. Santo cielo. Ero un completo disastro. Un tornado di emozioni si scatenò dentro di me.

"Cade, non..." farfugliai, nella confusione più totale.

La sua espressione si addolcì appena.

"So che la scena che hai visto era molto ambigua, ma non sapevo nemmeno che fosse lì. Mi ha svegliato salendo sul letto come mamma l'ha fatta. Che mattinata di merda. Al posto tuo c'era Shannon e quando sei tornata te ne sei andata subito, inferocita. Non fraintendermi, non ti ho di certo biasimata, ma non mi hai dato tempo di spiegarmi. Quando poi hai rifiutato di parlarmi per una settimana intera, mi sono incazzato e ci ho rinunciato. Mi ci sono voluti tre cazzo di anni per sbollire la rabbia. Ma quando ho deciso di provare a chiarire le cose, stavi già con, boh, un tizio a caso. Dopo qualche anno ho scoperto che Earl ti aveva chiesto di sposarlo, quindi ho pensato che la cosa migliore da fare era lasciarmi il passato alle spalle."

Gli occhi mi si riempirono di lacrime calde e iniziarono a fischiarmi le orecchie. "Perché, perché Shannon avrebbe dovuto...?"

Cade si strinse nelle spalle. "E che diamine ne so. Era amica tua." Fece per dire qualcos'altro, ma si fermò, distogliendo di nuovo lo sguardo.

Dopo essermi aggrappata per sette anni a quella rabbia, non riuscivo a lasciarla andare. Ma non dubitai delle parole di Cade. Tutta la mia collera, il mio dolore e la mia frustrazione cercarono un altro bersaglio su cui sfogarsi.

"Perché non hai insistito per parlarmi?" gli chiesi infastidita.

Dopo un momento di silenzio, mentre l'aria tra noi diventava sempre più pesante, parlò di nuovo. "Amelia, senti. Abbiamo sbagliato entrambi. Tu avevi ogni diritto di incazzarti dopo quello che avevi visto. Anche se non ho fatto niente di male, capisco che potesse sembrare ambiguo. Forse se non fossi dovuto partire dopo qualche giorno avremmo avuto l'opportunità di risolvere la faccenda. Quando sono riuscito a mettere da parte la rabbia, ormai la mia vita era in California, mentre tu eri qui. Volevo tornare prima, ma ho saputo del tuo matrimonio e..." Fece una pausa per guardare di nuovo fuori dall'auto, deglutendo visibilmente.

"Quando ho visto quel posto vacante, ho deciso di tornare a casa. Mi mancava, quindi eccomi qui."

"E che lavoro sarebbe?" chiesi, concentrandomi sull'unico dettaglio che non mi feriva.

Cade posò di nuovo il suo sguardo imperscrutabile su di me. "Caposquadra della squadra hotshot di Willow Brook."

Annuii, ma non sapevo cos'altro dire. Avevo una grande confusione nella testa. Un pezzettino minuscolo del mio cuore stava facendo i salti di gioia. Cade mi era mancato da impazzire. La notizia che stesse tornando a casa era come il sole che riappare dopo anni di oscurità. Eppure, mi ero impegnata così tanto a rinchiudere i miei sentimenti in un angolo remoto del cuore che non ero più in grado di gestirli.

"Quindi il matrimonio è annullato?" chiese, cambiando argomento.

Ci stavamo addentrando in un territorio reso infido dal carico dei sentimenti.

Annuii, chiedendomi cosa gli avessi detto la sera prima da ubriaca.

"Già. Ho, ehm, mandato tutto a monte. Non avrei mai dovuto dirgli di sì."

"E perché l'hai fatto?"

Molti anni prima, avevo amato la schiettezza di Cade. In quel momento, era come una pugnalata allo stomaco. Avrei voluto fuggire, ma non potevo farlo. *Non sei una codarda, quindi non comportarti come tale.* Cade aveva sempre avuto un forte effetto su di me. Mi faceva sentire vulnerabile e smarrita. Porca miseria, avevo un'impresa edile tutta mia — Kick A** Costruzioni — non era certo da me lasciarmi andare così. Scacciai l'incertezza che mi paralizzava.

"Ehm... il motivo è davvero stupido, ma è quello che è. Avevo paura che altrimenti sarei stata sola per sempre."

Non riuscii più a trattenere le lacrime, che sgorgarono copiose. Dovevo andarmene subito. Aprii la portiera, e incespicai fuori dall'auto.

Capitolo Sei

CADE

"Hai visto Amelia?"

Mia madre mi guardò con occhi sgranati, seduta a tavola di fronte a me. Georgia Masters era una donna dura come la roccia che si nascondeva dietro una facciata educata e cordiale. Sui suoi capelli argentati erano ancora visibili alcune striature castane. Li aveva sempre portati lunghi, ma in quel momento erano corti, con i ricci ancora un tantino ribelli. Avevo preso i suoi occhi verdi e la chioma castana ribelle. Mia madre era la bibliotecaria di Willow Brook — intelligente, socievole e la più vicina di tutti all'anima del paese.

Bevvi un sorso del caffè che mi aveva preparato e annuii. "Già."

Si appoggiò allo schienale della sedia. "Sua madre è preoccupatissima. Amelia è scappata dalla chiesa, abbandonando Earl. Sarah mi ha detto che non ha ancora risposto alle sue chiamate." Si fermò per prendere il telefono dal bancone della cucina. "La chiamo subito. Adesso Amelia dov'è?"

Riflettei su cosa dire. Sapevo esattamente dove l'avevo lasciata, ma non se voleva che lo scoprisse qualcun altro. Nonostante tutto il risentimento che provavo nei suoi confronti, mi sentivo in dovere di proteggerla. Non mi aveva chiesto di non farne parola con nessuno, quindi mi strinsi nelle spalle. "Mamma, non so se vuole che lo sappia qualcun altro."

Mi guardò con sospetto, stringendo le labbra. "Cos'è successo?"

La sua domanda non mi sorprese. In tutti quegli anni, aveva continuato a ripetermi che avrei dovuto insistere per convincere Amelia ad ascoltarmi. Lasciò perdere soltanto dopo il fidanzamento di Amelia ed Earl. Ripensai a quelle ventiquattr'ore appena passate con Amelia. Dopo averla baciata sul marciapiede, mi ero rimproverato tutta la notte per aver ceduto così facilmente alla tentazione. Eppure, il nostro passato era quello che era. Fino a sette anni prima, Amelia aveva significato tutto per me. Non avevo provato niente di simile per nessun'altra donna, ma effettivamente non avevo permesso a nessuna di avvicinarsi troppo. Non mi importava se la gente mi trovava distante o freddo. Avevo evitato qualunque tipo di legame e lo mettevo sempre in chiaro sin da subito. Una notte tra le lenzuola finiva prima che mi addormentassi. Di fatto, era da quando Amelia mi aveva lasciato che non mi ero più concesso di dormire con una donna.

Mi si strinse il cuore. Cazzo. Non pensavo che sarebbe stato così difficile. Pensavo che tornando a Willow Brook avrei dovuto imparare a convivere con il fatto che Amelia fosse sposata a un altro uomo. Non avevo tenuto conto di ciò che avrei provato nel rivederla, ma nemmeno dell'eventualità che potesse essere single. Il pomeriggio prima, era corsa fuori dal mio pick-up in lacrime e vederla in quelle condizioni mi aveva quasi distrutto. Anche se sapevo che probabilmente desiderava soltanto stare da sola, stupidamente la seguii alle panchine lungo la ringhiera del belvedere.

Con una splendida vista del Denali in lontananza e del nastro argenteo di un fiume che attraversava i campi sul bordo strada, mi ero seduto accanto a lei, in attesa. Ero ricorso a tutto il mio autocontrollo per non stringerla a me. Dopo essersi asciugata le lacrime con l'orlo della mia maglietta — quella che aveva preso in prestito, si era girata a guardarmi. Si era alzata in piedi, aveva chiuso gli occhi e annuito. "Dovremmo andare."

Avevo così tanto da dirle, ma nulla mi era sembrato opportuno. Cazzo, quanto mi aveva dato fastidio la sua confessione. Che aveva accettato di sposare Earl per paura di rimanere sola per sempre. Cazzo, non sapeva che avrei fatto qualsiasi cosa per rimediare ai nostri problemi. Sapevo perché la pensava così. Anche al liceo, molti ragazzi che conoscevo la trovavano sexy. Però, era anche una donna difficile e minacciosa, che con il suo metro e ottanta non si faceva mettere i piedi in testa da nessuno. Aveva messo in soggezione anche me, ma il desiderio era così ardente che non mi ero lasciato intimorire.

Ma non era soltanto una donna passionale e senza censure; quando si arrabbiava, era la fine. Proprio come giorni prima aveva gettato via il telefono dopo aver lasciato Earl, dopo l'incidente con Shannon non aveva risposto ad alcuna delle mie telefonate. Onestamente, ero così infuriato che arrivato in California avevo provato a chiamarla poche volte, e soltanto per mandarla a quel paese. Quando si era alzata da quella panchina, avevo deciso di tenere a freno la lingua, prima di dire qualcosa di cui mi sarei pentito. Poi l'avevo accompagnata a casa del fratello, fuori Willow Brook. Lì non c'era alcun telefono, ma aveva insistito che voleva essere lasciata in pace, quindi così avevo fatto. Non mi aveva chiesto di tenere segreta la sua posizione e io non glielo avevo promesso.

Mia madre si schiarì la gola e sollevai lo sguardo.

"Hai intenzione di rispondermi?" chiese.

Bevvi un altro sorso di caffè, pensando a cosa dire. Un momento dopo, mi passai una mano tra i capelli, sospirando. "Non è successo niente, mamma."

Georgia inarcò un sopracciglio. "Non sono mica stupida, Cade. Te lo si legge in faccia che è successo qualcosa. Ti prego, dimmi che finalmente avete ritrovato il buonsenso e avete capito che siete fatti l'uno per l'altra."

"Mamma, sono passati sette anni. Amelia ha appena abbandonato il suo promesso sposo all'altare. Non puoi pensare che si sistemi tutto così facilmente. Non so nemmeno..."

"Non provarci neanche," sbottò. "Voi due non avete mai smesso di amarvi. Santo cielo, ogni volta che ti nominavo a casa di Sarah, Amelia usciva dalla stanza per non dover pensare a te. E tu, invece? Sei rimasto in California sei anni in più del previsto per evitarla."

Le parole di mia madre furono come un violento pugno allo stomaco. Aveva ragione, ma preferivo non pensarci. Mi faceva un male cane sapere che Amelia aveva passato tutti quegli anni a sfuggire dalla verità. Era testarda quanto me. Se non peggio.

Sbuffando, mia madre si alzò e raccolse la mia tazza vuota. A passo pesante, si avvicinò al bancone per riempirla di nuovo e tornò a tavola. Dopo un momento di silenzio, mi guardò. "Posso almeno dire a

Sarah che hai incontrato Amelia e che sta bene?" chiese.

"Certo. Se è preoccupata per lei, dille che l'ho lasciata a casa di Quinn. Penso che Amelia voglia un po' di pace e tranquillità, prima di dover affrontare le conseguenze della sua fuga. Non mi ha chiesto di tenerlo nascosto, quindi penso che almeno sua madre meriti di sapere dov'è."

Mia madre mi guardò a lungo. Quella donna era terribilmente perspicace. Stava cercando di leggermi l'anima. Avevo il cuore e la mente in subbuglio, ma non avevo la minima intenzione di discuterne con lei. Le volevo un bene dell'anima e mi sentivo fortunato a essere suo figlio, ma avevo il diritto a un po' di privacy.

"Non guardarmi così, mamma."

Sfoderò un sorriso d'intesa. "So che ti senti a disagio perché ti conosco fin troppo bene. Anche se tu non vuoi parlare, lo farò io. L'ho già detto prima e lo dirò di nuovo: non permettere che il risentimento si frapponga tra te e la persona che ami. Shannon ha seminato zizzania e ha rovinato tutto. Non lasciare che siano le sue azioni a dettare il tuo futuro. Finalmente hai l'occasione di sistemare le cose con l'unica donna che tu abbia mai amato. Quindi fallo."

Dopodiché, bevve un sorso di caffè e prese il telefono, per poi alzarsi e lasciarmi da solo a tavola.

"Sarah, sono io. Ho appena parlato con Cade e, che tu ci creda o no, ieri ha dato un passaggio ad Amelia..."

La sua voce si fece sempre più distante mentre percorreva il corridoio. Mi gustai un altro sorso di caffè e guardai fuori dalla finestra. Casa dei miei genitori era situata a qualche chilometro dal centro di Willow Brook. Era una grande capanna di tronchi immersa tra i pioppi. Quella zona dell'Alaska, ai piedi del monte Denali — la cima più alta della grande catena dell'Alaska — era una combinazione di distese verdi e formazioni rocciose. Oltre i pioppi si estendeva una distesa di terreno erboso, attraversato da un fiume. Quanto mi era mancato quel panorama.

Eppure, non quanto mi era mancata Amelia.

Capitolo Sette

AMELIA

Osservai la giovane femmina di alce che se ne stava tra me e il pick-up di mio fratello. Il suo pelo sembrava incredibilmente morbido e aveva scuri occhi grandi e curiosi. Sembrava così tranquilla che ero quasi tentata di proseguire dritto. Ma gli alci sono miopi, quindi dovevo fare attenzione. Sicuramente ai suoi occhi non ero altro che una figura sfocata. Con un colpo di fortuna, si sarebbe allontanata quando mi fossi avvicinata troppo, ma non potevo esserne sicura. Ogni anno, in Alaska gli attacchi degli alci erano più frequenti di quelli degli orsi. Pur non avendo istinti predatori, diventano pericolosi se spaventati. Senza poter prevedere un loro attacco o la fuga, era meglio tenersi alla larga.

Mi appoggiai contro la ringhiera del porticato, in attesa. A qualche metro da me, vidi uno scoiattolo che mi guardava. Quella mattina avevo sparso dei semi di girasole per terra. La creaturina lì guardò e saltò giù dalla ringhiera, squittendo. Al verso, la giovane alce corse via.

Aspettai qualche minuto prima di scendere dal

porticato e avvicinarmi all'auto di Quinn. Mio fratello era una delle mie persone preferite al mondo. Sapevo che si sarebbe preoccupato per me, ma come sempre mi avrebbe lasciato spazio. Casa sua distava poco meno di mezz'ora da Willow Brook. L'aveva acquistata un anno prima, appena era stata messa in vendita. Non che avesse intenzione di viverci, ma gli serviva un posto dove stare quando sarebbe passato a trovarci con Lacey, sua moglie. Qualche mese prima, era nata la loro prima bimba che avevano chiamato Sarah, come nostra madre. Adoravo Quinn e mi ero sentita al settimo cielo quando finalmente aveva dichiarato il suo amore a Lacey.

Forse era stata proprio la nascita di Sarah a farmi rinsavire e rendere conto che ero stata una stupida a perdere tutto quel tempo con Earl. Ero andata a trovarli a Diamond Creek per conoscere la piccola. Sulla via del ritorno, mi ero chiesta se anche io sarei stata così fortunata da trovare un amore come il loro. Quinn amava profondamente Lacey, una donna caparbia, ostinata e un po' maschiaccio. Anche io volevo qualcuno che mi amasse così.

Lo sapevo benissimo che tra me ed Earl non c'era mai stato un briciolo di passione. Avevo davvero accettato di sposarlo per paura di rimanere da sola per sempre. Quelle ventiquattr'ore con Cade erano state un doloroso promemoria di quello che avevo perso.

Salii sull'auto che Quinn aveva lasciato a casa. Ma anche dopo diversi tentativi, non riuscii a mettere in moto. Con un sospiro, appoggiai la testa al sedile. Chissà cosa mi era passato per la testa quando avevo chiesto a Cade di accompagnarmi qui. Volevo soltanto stargli il più lontano possibile, prima di dire o fare qualcos'altro di stupido. E non mi sentivo nemmeno pronta a tornare a Willow Brook. Ma mi ero ritrovata senza telefono né mezzo di trasporto. In casa c'era cibo a volontà, ma mi resi conto presto che stare da sola con i miei pensieri e senza alcuna distrazione non era d'aiuto. Affatto.

Avevo passato la notte a rigirarmi nel letto, i sogni una confusione di furia e appetito sessuale. Mi svegliai nel bel mezzo di un sogno così spinto che mi fece arrossire. Ovviamente, l'unico uomo su cui avessi mai fantasticato era Cade. E come se non bastasse, il sogno era stato più vivido che mai, dato che l'avevo appena rivisto. Ormai non era più un fantasma del mio passato, ma la personificazione in carne e ossa della virilità nel presente.

Imprecando sottovoce, uscii dall'auto e trovai la giovane alce che mangiucchiava i cespugli davanti al porticato. Con le mani sui fianchi, sospirai. "Accidenti! Alce, vai a cercare cibo da un'altra parte," gridai.

L'alce si fermò e drizzò le orecchie, ma poi ricominciò a mangiare come se niente fosse. Un altro scoiattolo schizzò davanti a me sul sentiero in pietra, passando tra le zampe dell'alce per fiondarsi a mangiare i semi di girasole. Sollevai lo sguardo sulla casa. Era proprio carina. Era una villetta perfettamente quadrata su due piani, con il tetto spiovente per evitare l'accumulo di neve. L'anno prima, Quinn mi aveva assunta per sostituire quello originale e optai per una copertura in alluminio azzurra.

Abbassai lo sguardo sul mio corpo. Indossavo ancora la maglietta di Cade e i jeans comprati il mattino prima al grande magazzino. Sospirando, tornai ad appoggiarmi al pick-up. L'alce stava mangiucchiando allegramente, quindi potevo soltanto aspettare che se ne andasse, dato che non avevo voglia di scacciarla.

Se solo non fossi stata così stupida da gettare via il telefono. Anzi, se non avessi insistito per farmi accompagnare lì da Cade. Osservai lo spiazzo davanti alla villetta e il mio sguardo si posò su una catasta di legna, con accanto un'ascia conficcata su un ceppo. Erano piuttosto lontani dall'alce. Per distrarmi, decisi di tagliare un po' di legna. Era il minimo che potessi fare per ringraziare Quinn e Lacey della loro ospitalità, soprattutto perché non sapevano nemmeno che fossi lì.

Spaccare la legna era proprio soddisfacente. Ogni colpo d'ascia che cadeva pesante sul legno mi aiutava a sfogare tutte le emozioni represse. Dopo quasi mezz'ora, sentii il rumore di un motore sul viale. Ero finalmente riuscita a togliermi dalla testa Cade, ma ripiombò subito nei miei pensieri. Nessun altro sapeva che mi trovassi lì.

Con il cuore che batteva all'impazzata e lo stomaco sottosopra, mi girai e vidi il suo pick-up nero che si fermava. Distolsi lo sguardo e ripresi a tagliare la legna.

Capitolo Otto

CADE

Percorsi il sentiero di pietra, lo sguardo fisso su Amelia. Si era annodata la mia maglietta di qualche taglia in più sulla vita. Si chinò in avanti per gettare via un tronchetto spezzato in due, mettendo in bella vista le sue curve rigogliose. Calava l'ascia con ritmo e naturalezza, spaccando un ciocco dopo l'altro. Si fermò quando le arrivai accanto, lasciando cadere a terra l'ascia. Si passò un braccio sul viso e mi guardò con sguardo incerto. I boccoli ambrati le ricadevano sulle spalle e un lieve rossore le tingeva la pelle.

Mi venne duro. Cazzo. Amelia mi faceva impazzire. Non sapevo nemmeno perché fossi andato da lei. Avevo paura che Sarah sarebbe venuta a cercarla non appena avesse ricevuto la notizia, quindi avevo informato mia madre che stavo uscendo.

Distolsi lo sguardo dai suoi occhi ipnotici e lo posai sul cortile. Davanti al porticato, una giovane alce stava facendo a pezzi i cespugli, mentre alcuni scoiattoli correvano da una parte all'altra. Feci qualche respiro profondo per provare a calmarmi, finché non mi sentii pronto a guardarla di nuovo.

Si era voltata verso di me, con una mano su un fianco. Non desideravo altro che prenderla in braccio e portarla da un'altra parte, per perdermi in lei. Ricordai i commenti che aveva fatto mia madre su di noi, spronandomi a sistemare il nostro rapporto. Magari fosse stato così facile.

Scacciai via quei pensieri e la guardai. "Pensavo di fare un salto. Volevo dirti che mia madre ha insistito per informare Sarah che stai bene, quindi ho ceduto. Se però non volevi che lo facessi, ti chiedo scusa."

Amelia rimase in silenzio e annuì lentamente. "Tranquillo, nessun problema. Ehm, beh, dopo un po' mi sono resa conto che non è stata un'idea così geniale restare qui da sola senza un telefono. L'auto di Quinn non funziona," disse, indicando un vecchio pick-up che aveva sicuramente visto giorni migliori.

Riportai lo sguardo su di lei. "Immagino, sembra essere rimasto fermo lì da almeno un anno," dissi, facendole notare gli pneumatici ancorati nel terreno.

"Potresti farla ripartire con la tua," disse Amelia, in tono quasi interrogativo.

Provai un forte disappunto. Non per le sue parole, ma per il loro significato. Se avessi fatto ripartire il pick-up, me ne sarei dovuto andare subito. Sebbene non sapessi con esattezza cosa mi avesse spinto ad andare da lei, non avevo la minima intenzione di andarmene. *Sì, certo, farai proprio un figurone se ti rifiuti di aiutarla. Tira fuori le palle.*

Annuii senza nemmeno rendermene conto. Dato che tra noi due non servivano parole, tornai alla mia auto. In breve tempo, la parcheggiai davanti al vecchio pick-up e collegai i cavi di avviamento. Tutti i tentativi fallirono. Amelia uscì dal pick-up e venne a dare un'occhiata sotto il cofano.

"Sicuro di averli collegati bene?" chiese, alzando lo sguardo su di me.

Non provai nemmeno a nascondere l'insofferenza. "Sul serio, Lia?" Agitai una mano tra i due pick-up. "Controlla pure."

Amelia sbarrò gli occhi e dilatò le narici. Mi resi conto troppo tardi di averla chiamata con quel vecchio soprannome. La chiamavo quasi sempre Amelia, come tutti quanti. Ma quando eravamo soli, ogni tanto preferivo Lia. Il ricordo mi straziò come una pugnalata al petto.

Non disse una parola e distolse lo sguardo, che navigò sui cavi collegati alle due batterie. "Certo che li hai collegati bene," disse con un filo di voce. Sollevò di nuovo lo sguardo e chiuse gli occhi. "Proviamo un'ultima volta, ok?"

Ennesimo fallimento. Amelia uscì a scollegare i cavi e li avvolse con cura prima di porgermeli. In quel momento le nostre dita si sfiorarono e mi sentii attraversare da una scarica elettrica. Li riposi nella mia auto e chiusi il cofano. Mi voltai verso la villetta e risi.

"Spero che Quinn non fosse affezionato a quei cespugli," ironizzai, guardando l'alce che continuava a mangiarli.

Amelia seguì il mio sguardo e rise piano. "Non penso che Lacey ne sarà molto contenta. Li ha piantati l'estate scorsa.

"Lacey?"

Mi guardò perplessa. Dopo un secondo, la confusione svanì dai suoi occhi. "Oh, giusto. Probabilmente non sai che Quinn si è sposato. Dopo aver concluso gli studi di medicina e aver girato il mondo, è tornato a casa. Adesso lavora in un ambulatorio a Diamond Creek. Ha preso il posto del dottore che sta andando in pensione, quindi lo gestisce lui. Non so se conosci

Lacey, ma erano amici da anni. Facevano spesso escursioni in zone remote. E alla fine, hanno capito di essere anime gemelle. L'anno scorso Quinn ha comprato questa casa per quando vengono a trovarci."

Quante notizie sui miei amici e familiari che mi ero perso. Ma era inevitabile. Per via del mio lavoro, non avevo mai avuto molto tempo per tornare a casa. Ma ciò che più mi disturbava era non riconoscere quasi più Amelia — era passato così tanto tempo. Accantonai il rimorso e la guardai. "Mi fa piacere. Forse Lacey me la ricordo. Era passata a farci visita qualche volta — l'escursionista estrema, no?"

Amelia rise. "Proprio lei. Ha un'agenzia di visite guidate. Quinn aiuta quando può, ma da quando si sono sposati e hanno avuto una bambina Lacey non guida più praticamente nessun tour. Se resti qui sicuramente li vedrai in giro, visto che ogni tanto tornano a farci visita."

Annuii, realizzando che forse saremmo riusciti ad avere una conversazione normale. La normalità era tutto ciò di cui avevamo bisogno, così magari sarei riuscito a non impazzire ogni volta che ce l'avevo di fronte.

"Mi farebbe piacere rivedere Quinn, sono passati anni dall'ultima volta," dissi infine, rendendomi conto subito che la colpa era stata soltanto della nostra brutta rottura.

Non vedevo Quinn da tempo perché avevo evitato il più possibile Willow Brook e Amelia per sette anni. Ero tornato a casa soltanto per qualche giorno per trovare i miei genitori. Cadde di nuovo il silenzio. Mi guardai intorno, finché non notai un altro alce sul vialetto.

"Abbiamo altra compagnia."

Amelia seguì il mio sguardo, poi mi guardò sospirando. "Si vede che non c'è praticamente mai nessuno in casa. Probabilmente sarà diventato il loro territorio e noi siamo gli intrusi."

Si morse angosciata il labbro e quella visione mi fece affluire con prepotenza il sangue all'inguine. Dannazione. Non poteva continuare a farmi quell'effetto. *Bello, finché esiste non troverai mai pace.* Ed era davvero così.

Mi voltai di nuovo a guardare l'alce. Era un maschio adulto. Per fortuna non eravamo in piena stagione degli amori, dato che è il periodo in cui sono più aggressivi, ma restare lì sarebbe stato comunque pericoloso.

"Andiamo," dissi, prendendo la mano di Amelia. "Entriamo dentro. Meglio passare accanto a quella più giovane, che rischiare di far innervosire quel bestione."

Amelia mi seguì senza esitazione, con passo sicuro. "Ehi, alce, stiamo arrivando!" urlò mentre ci avvicinavamo ai cespugli.

La giovane alce sollevò la testa, ma non si mosse. Senza mai lasciare la mia mano, Amelia aprì la porta ed entrammo in casa. Non volevo lasciarla andare. Non ancora. Era così bello poter sentire la sua mano avvolta nella mia che il cuore mi martellava con forza nel petto.

Mi guardai intorno. La luce filtrava dalle finestre sulla parete opposta, affacciate su un lago nascosto da abeti rossi. L'ambiente era un grande spazio aperto, con un divano e due sedie a dondolo attorno a una stufa a legna sul fondo. Da un lato, c'era una cucina con pentole e padelle di rame appese come decorazione e una penisola curva per i pasti. Una scala a chiocciola portava al piano di sopra, dove sicuramente c'erano le camere da letto, visto che lì c'era soltanto una porta vicino alla cucina.

Mi girai verso Amelia, che non si era mossa da quando aveva chiuso la porta. I raggi del sole le tingevano i capelli d'oro. La sua bellezza così naturale accese una fiamma indomabile di desiderio dentro di me. Erano passati sette cazzo di anni, ma mi teneva ancora stretto in pugno. Come uno stupido, avevo pensato che sarei riuscito a tornare a casa e a starle lontano.

Mi guardò con i suoi occhi color cognac ambrato. Riconobbi quello sguardo e sperai con tutto me stesso che anche lei mi volesse disperatamente.

Puro desiderio ardente consumò l'ultima goccia di lucidità che mi era rimasta. Sentivo il calore della sua mano sulla pelle. La guardai, mentre le accarezzavo delicatamente il polso con il pollice, sentendo il battito frenetico del suo cuore. Allora mi avvicinai a lei. Sentii il suo seno sul mio petto; faceva fatica a respirare. Mi dava una certa soddisfazione sapere che probabilmente anche lei stava perdendo la testa.

Mi sentivo in fiamme — dopo tutti quegli anni senza di lei, di sesso irrilevante con altre donne e di rabbia e risentimento pensando a quello che avevamo perso, per colpa di menzogne. Cercai di mantenere il controllo, col cazzo duro nei pantaloni e schiavo del mio desiderio. Dopo qualche secondo, feci un altro passo, premendo il corpo contro il suo, e la sentii tremare.

Aveva ancora la pelle arrossata e i capelli un disastro per aver tagliato la legna. Un desiderio primordiale mi colpì. Mi dissi che non potevo correre troppo. Ma mi bastava anche solo un assaggio.

Indietreggiò e la seguii. Dopo qualche passo, i suoi fianchi sbatterono contro il bancone.

"Cade."

Pronunciò il mio nome con voce roca, quasi supplichevole.

"Lia."

Il suo nome mi uscì dalle labbra in un mormorio strozzato, appesantito da un mix di desiderio, nostalgia, rabbia e rimorso.

Le strinsi i fianchi e mi misi tra le sue gambe. Ormai avevo perso completamente il controllo, ma dovevo darle l'occasione per fermarmi.

"Dimmi che non vuoi farlo," mormorai.

Arrossì ancora di più e scosse la testa. "Non posso."

"*Cosa* vuoi?"

La vidi deglutire nervosamente mentre facevo scivolare le mani sulle curve dei suoi fianchi. Poi le toccai un seno, meravigliosamente rigoglioso e pesante.

Ancora non rispose. Allora le strofinai il pollice sul capezzolo inturgidito sotto la maglietta. "Non mi hai risposto."

Non mi riconoscevo più. Con lei, il sesso era sempre stato selvaggio, sconvolgente. Amelia era una forza della natura, e lo era anche nel sesso. La nostra passione era inestinguibile. Eppure, perfino con tutti quei ricordi, mi sentii sul filo di un rasoio. Con un vortice di emozioni dentro, stavo perdendo completamente l'autocontrollo. Dovevo sapere se anche lei si sentiva così devastata.

Senza smettere di stuzzicarle il capezzolo, le avvolsi l'altra mano sulla nuca, intrecciando le dita ai suoi capelli spettinati. Il battito violento del suo cuore martellava sotto il mio pollice. "Lia... dai. Dimmi la verità."

"Voglio te," rispose infine, con occhi ardenti di desiderio e anche di qualcos'altro.

"Ti ho già detto tutto ad Anchorage. Sarò anche

stata ubriaca e a pezzi, ma era la verità. Sei sempre stato l'unico uomo nel mio cuore. Per gli altri, sono troppo..." Si fermò, con un lampo di rabbia negli occhi.

Senza più riuscire a trattenermi, mi inarcai contro di lei, perdendo completamente la testa quando sentii il calore tra le sue gambe. Mormorò qualcosa e poi sollevò lo sguardo. Pensavo stesse per dirmi qualcosa, ma invece, mi tirò a sé e le nostre bocche si incontrarono in un bacio frenetico.

Capitolo Nove

AMELIA

Mi lasciai trasportare dalla frenesia del bacio di Cade. Era sempre stato un gran baciatore — un misto di veemenza e tenerezza — ma era proprio diventato un esperto. Era un bacio ardente, sensuale, travolgente — le voluttuose carezze della sua lingua, il modo in cui mi mordicchiava il labbro inferiore e lo succhiava. Ero talmente fuori di me che non mi resi nemmeno conto che mi avesse tolto la maglietta. O che si era tolto anche la sua. Quando si riavvicinò, un piacere immenso mi travolse come sentii il suo petto muscoloso contro il mio. La sua pelle, liscia e calda. Aveva sempre avuto un fisico da urlo, ma a guardarlo mi sembrava ancora più robusto di prima. Era tutto muscoli e mi faceva assolutamente impazzire. Mi succedeva spesso di sentirmi inadeguata — troppo grossa, troppo alta e sgraziata — di fronte ad altri uomini, ma con Cade non era mai successo.

Cade era più alto di me, ma non era una questione di altezza. Tra le sue forti braccia mi ero sempre sentita al sicuro. Anche se non avevo certo bisogno di protezione, sapevo che lui sarebbe stato il mio scudo.

Provai un senso di libertà, come se finalmente potessi lasciarmi completamente andare. Era una sensazione così rara che mi ci abbandonai, lasciandomi travolgere dalla follia che soltanto con lui poteva esistere.

Le sue labbra tracciarono una scia infuocata sulla linea del mio collo, mentre esploravo il suo petto con le mani, assaporando i suoi muscoli scolpiti. Lanciai un gridolino quando mi strappò via il reggiseno e avvolse le labbra calde attorno a un capezzolo. Bastò quel gesto a portarmi quasi all'apice. In quei sette anni di amarezza ero riuscita a venire soltanto grazie al mio vibratore. In quel momento non volevo nient'altro che lui.

Accarezzai il gonfiore nei suoi pantaloni, rabbrividendo al suo gemito di piacere. Sollevò la testa e fissò i suoi occhi verdi nei miei. Notai che mi aveva già sbottonato i jeans, mentre faceva scorrere le dita in modo sensuale sul tessuto. Ma poi infilò un dito sotto l'orlo delle mutandine, che scivolò piano piano sulle labbra umide.

Non provai nemmeno a soffocare un gemito. Ormai ero totalmente persa, non mi importava più nulla.

Cade appoggiò la fronte alla mia, le sue labbra a un soffio dalle mie. "Sei bagnatissima," mormorò.

Risposi soltanto con un gemito mentre passava il pollice sul clitoride — solo una volta, ma bastò per farmi perdere quasi completamente la ragione. Affondò un dito dentro di me, in profondità. Urlai, spingendo il bacino contro il suo tocco. Un altro dito seguì il primo e iniziò a giocare con il mio corpo, muovendosi dentro e fuori di me.

Sentii l'orgasmo che si avvicinava, ma Cade rallentò, lasciandomi pulsante, disperata, sull'orlo del precipizio.

"Cade, se non..."

Rise. "Brava piccola. Adoro quando ti arrabbi."

Persi completamente la ragione. Infilai la mano nei suoi slip, sospirando al contatto con la pelle calda e vellutata della sua erezione. Mi si bloccò il fiato in gola e iniziò a fare sul serio. Iniziò a fottermi con le dita, trascinandomi verso un vortice di piacere intenso.

Capitolo Dieci

CADE

Guardai Amelia e mi esplose il cuore. Porca miseria. Era davvero splendida quando si lasciava andare. Il suo gridolino gutturale era come musica per le orecchie, scuoteva ogni fibra del mio corpo. Era seduta davanti a me sul bancone, le lunghe gambe avvolte attorno alla mia vita, le guance arrossate e le labbra gonfie. La sentivo pulsare, stretta attorno alle mie dita. Il mio sguardo scivolò verso il suo seno — pieno e rigoglioso, i capezzoli umidi e scuri. Non avevo dimenticato nulla di lei, eppure i ricordi erano sbiaditi. L'intensità della situazione mi colpì come un proiettile al cuore. Amelia risplendeva di una luce abbagliante e la bellezza sua e del momento mi lasciarono senza fiato.

Sospirò, rilassando le gambe attorno alla mia vita. Sollevai lo sguardo per incrociare il suo. In un battito di ciglia, mi tirò giù i jeans e la mia erezione fece capolino. Amelia mi spinse via e si lanciò giù dal bancone. Iniziò a massaggiarmi delicatamente il pene, prima di passare la lingua su un lato e poi sull'altro. Per poco non mi sentii mancare quando sollevò lo sguardo sul mio. Il sole che filtrava dalle finestre le tingeva d'oro le ciglia, proiettando un'ombra sui suoi occhi famelici e colmi di desiderio. Amava avermi alla sua mercé e in quel momento ci stava riuscendo benissimo, con la mia asta in mano a qualche millimetro dalle sue labbra.

Aspettò un secondo — senza mai distogliere lo sguardo — e chinò la testa, roteando la lingua sulla punta, per poi prenderlo in bocca. Avrei tanto voluto più autocontrollo. Cavolo, non ero più un ragazzino. Ma avevo passato sette lunghi anni senza la sola e unica donna in grado di uccidermi — corpo, cuore e anima. Sentivo il calore della sua bocca, mentre con la lingua e le labbra mi faceva impazzire, ed ero così vicino all'apice che digrignai i denti. Con un'altra lenta passata della lingua sull'asta, la riprese di nuovo in bocca e non riuscii più a trattenermi. L'orgasmo mi travolse violentemente ed esplosi dentro di lei.

Amelia sollevò lentamente la testa, minimamente turbata. Non era mai stata una santa e non era affatto cambiata. Si tirò in piedi e si appoggiò al bancone. Ancora scombussolato dagli spasmi, appoggiai le mani dietro di lei, intrappolandola tra le mie braccia. Ansimando, provai a riprendere un minimo di controllo. Dopo un po', raddrizzai la schiena e la guardai negli occhi. Un angolo della bocca le si incurvò in un sorriso e arrossì leggermente.

Guardandola, lottai contro il desiderio di prenderla tra le braccia e trasportarla di sopra, su un letto. Ma mi sembrò troppo pericoloso — troppo intimo, qualcosa che volevo troppo, ma che non ero sicuro di poter avere. Almeno non prima di essere riusciti a sanare il nostro rapporto, liberandoci di tutti i rancori e chiarendo ogni malinteso. Era facile raccontare la verità dei fatti — una menzogna ben architettata si era insinuata nel nostro amore — ma affrontare direttamente le nostre emozioni dopo tutti quegli anni di separazione sarebbe stato decisamente più difficile.

Restammo così a lungo. Il sorriso di Amelia si spense, rimpiazzato dall'ansia. Era brava a nasconderlo, ma la conoscevo meglio di quanto conoscessi me stesso. Scossi la testa. "Non farlo."

"Cosa?" replicò.

"Non rimuginare troppo. Non volevo che la situazione, beh, ci sfuggisse di mano, ma lo sappiamo entrambi che tra di noi non è cambiato nulla."

Rimase in silenzio e dopo un po' annuì. Stranamente, non ci fu alcun imbarazzo tra di noi, nonostante quello che sarebbe potuto succedere. Provai a ricordare l'ultima volta che una donna non mi aveva fatto fuggire subito dopo l'intimità, ma non me ne venne in mente nessuna... tranne Amelia.

Feci un passo indietro e le accarezzai il braccio, provando un brivido di soddisfazione quando sentii che le era venuta la pelle d'oca. Mi costrinsi ad allontanarmi ancora e raccolsi la sua maglietta dal pavimento. Anzi, era la mia maglietta, ma la stava indossando lei. Sapere che stava indossando i miei vestiti mi procurò un piacere immenso.

Si coprì quei suoi seni così maledettamente invitanti sotto il reggiseno e la mia maglietta, mentre io mi riabbottonavo i jeans. Poi si spostò dal bancone e si voltò a guardarmi. "Vuoi del caffè? O qualcos'altro?"

La guardai e annuii, perché non sapevo cos'altro fare. Ma cos'avrei potuto fare quando avevo passato gli ultimi sette anni a pensare a lei, quando ancora non ero riuscito ad accantonare il rancore per quello che mi aveva fatto, quando finalmente avevo ritrovato ciò che desideravo più dell'ossigeno che mi serviva per respirare?

L'opzione più banale si rivelò anche essere la

migliore, quindi accettai il caffè. Con lo stivale, allontanai uno sgabello dal bancone e ci scivolai sopra. Appoggiandomi sul gomito, la guardai mentre preparava il caffè.

Capitolo Undici

AMELIA

Scesi a terra e tirai giù la scala dal tetto che stavo riparando. Mi ero fatta riaccompagnare in città da Cade dopo che era passato a trovarmi e a ricordarmi fin troppo bene perché non ero mai riuscita a dimenticarlo. Avevo chiamato mia madre per farle sapere che ero tornata. Aveva cercato di non essere troppo invadente, ma avevo immaginato che fosse preoccupata, dato che ero fuggita in quel modo. Ovviamente sapevo che ad attendermi ci sarebbero stati chissà quanti pettegolezzi. Perlomeno il lavoro riusciva a tenermi occupata. Ma avevo anche bisogno di una distrazione per non pensare troppo a Cade.

Mi girai verso Lucy Caldwell, appoggiata contro il nostro furgone. Lucy era bionda, aveva gli occhi azzurri e un fisico formoso nascosto dall'uniforme. Lucy era stata così gentile da non bombardarmi di domande, quando l'avevo chiamata per informarla di quel progetto. Era l'unica dipendente a tempo pieno della mia piccola impresa edile che avevo avviato cinque anni prima. L'avevo chiamata Kick A** Costruzioni, ispirata dagli adesivi molto comuni sulle

macchine in Alaska con la frase *Alaska Girls Kick Ass* —
"Le ragazze in Alaska spaccano (i culi)."

Lavorare all'aria aperta e l'edilizia erano sempre
state le mie passioni. Da piccola, il mio primo progetto
era stata una cuccia per Dora, il nostro cane. Dato che
era uscita un po' sbilenca, mia madre e Quinn mi
avevano aiutata a sistemarla, ma non mi ero mai divertita tanto. Col passare degli anni, avevo iniziato a lavorare a qualche progetto qua e là. Avevo frequentato
l'università ad Anchorage, durante il periodo della
travolgente storia d'amore tra me e Cade, e mi ero
laureata in architettura. Dopo la nostra rottura, non
sapevo più cosa fare della mia vita. Ci eravamo da poco
ritrasferiti a Willow Brook, lavoravo al Firehouse, un
bar ristorante, e Cade sarebbe dovuto partire per la
California per un anno. Avrei tanto voluto seguirlo, ma
purtroppo i soldi scarseggiavano.

Mai mi sarei immaginata che la nostra storia
potesse finire. Quando era partito per la California,
non ci avevo più visto dalla rabbia. Tra un turno e
l'altro al bar, avevo iniziato ad accettare qualche lavo-
retto edile. Senza nemmeno rendermene conto, era
diventato il mio lavoro a tempo pieno, quindi alla fine
avevo deciso di creare un'impresa tutta mia, dando vita
alla Kick A** Costruzioni. All'inizio, c'ero solo io.
Quando poi avevo iniziato a ricevere progetti più
complessi, avevo sentito il bisogno di una mano. Ai
tempi, conoscevo Lucy di sfuggita. Si era trasferita in
Alaska quando eravamo alle superiori, quando ormai la
mia cerchia di amici era già stata consolidata. Ma poi
Shannon, la mia migliore amica che mi aveva tradita in
modo così ignobile, l'aveva mandata in frantumi.

Un giorno, al bar, mi stavo lamentando di tutto il
lavoro che avevo da fare. Lucy mi aveva sentita e si era
offerta di aiutarmi. Lavoravamo benissimo insieme.

Mi misi la scala sottobraccio, per poi attraversare il cortile e caricarla sopra il furgone. Senza dire nulla, Lucy mi aiutò ad assicurarla nel portascala.

Ci appoggiamo al portellone. Osservai da lontano il nuovo tetto che avevo montato sulla villetta. "Mi piace."

Lucy rise. "Un tetto non va giudicato per l'aspetto. Però sì, questo è carino perché è di un bel rosso. I tetti sono come le scarpe. Sono necessari. Sono funzionali e non c'è bisogno che siano belli."

La guardai scuotendo la testa. "E quindi non posso dire che mi piace? Dai, guarda quanto ci sta bene quel rosso tra gli alberi," dissi, indicando il tetto d'acciaio.

Lucy alzò gli occhi al cielo. "Certo che puoi. Stavo solo sottolineando il fatto che è un tetto. Serve a non farti piovere in casa." Guardò l'orologio e si ripulì il braccio sporco di terra. "È ancora mezzogiorno. Che ne dici se iniziamo a lavorare sulla casa dei Jacobson? O aspettiamo direttamente domani?"

Quella settimana partiva un nuovo progetto: costruire da zero una villetta. Guardai Lucy, riflettendo sulla sua domanda. "Iniziamo domani. Prima voglio dare un'altra occhiata al progetto e passare da Denali Builders per assicurarmi che i nostri ordini siano pronti."

Lucy annuì. "D'accordo. Andiamo a mangiarci qualcosa?"

"Certo. Al Firehouse?"

Al cenno di assenso di Lucy, salimmo sul furgone. In pochi minuti, parcheggiai davanti al Firehouse. Il centro di Willow Brook era un luogo pittoresco, situato in una vallata ai piedi della Catena dell'Alaska, con il lago di Swan sullo sfondo. Era alimentato dai ruscelli che scendevano dalle distanti montagne e offriva un panorama mozzafiato durante tutte le stagioni dell'anno. Willow Brook era stato fondato proprio grazie a questo lago, che forniva acqua fresca e pesci per tutta l'estate. La prossimità ad Anchorage consentiva ai suoi residenti di potersi godere una vita pacifica in una zona meno urbana, ma allo stesso tempo di raggiungere la città in poco tempo per sbrigare commissioni. Era frequentata da molti turisti che tenevano impegnate le attività locali tra la primavera e l'autunno, eppure Willow Brook riusciva a mantenere il clima da piccola cittadina, con il suo gruppo ristretto di residenti.

Scesi dal furgone e mi guardai intorno. Il Firehouse era sulla Main Street, ospitato nella vecchia caserma del paese. Era un alto palazzo quadrato, il cui garage era stato trasformato nella sala di un ristorante, con una pasticcieria a vista e una cucina. Il locale era un'esplosione di colori, dai fiori dipinti sui pali dei pompieri, ai telai delle finestre e i quadri alle pareti. C'erano dei tavoli quadrati in legno e altri posti a sedere davanti al bancone, da cui si potevano osservare la cucina e la pasticcieria. I colori accesi del locale riuscivano a vivacizzare i lunghi inverni cupi.

Il Firehouse era sempre affollato. Lucy notò che un tavolo si stava liberando in un angolo, quindi si fiondò a prenderlo. Quando la raggiunsi e mi sedetti davanti a lei, sfoderò un sorriso raggiante. "Spero che tu non abbia fatto lo sgambetto a nessuno per accaparrarti il tavolo," commentai, scuotendo la testa.

Lucy rise e sollevò le braccia per aggiustarsi la coda. Se non si faceva caso ai suoi vestiti — mai troppo femminili, di solito jeans trasandati e semplici magliette — dava l'impressione di essere una ragazza fragile. Era bellissima: bionda, occhi azzurri e carnagione chiara. Aveva una risata femminile ed era piuttosto bassa. Eppure, era un vero maschiaccio e non aveva mai dato troppo peso al suo aspetto esteriore. Era una gran lavoratrice che non aveva paura di sporcarsi le mani e lavorare fino allo sfinimento. Il nostro incontro era stato un vero colpo di fortuna. Era un'ottima partner, diventata col tempo anche la mia migliore amica. E per fortuna, dato che passavamo moltissimo tempo insieme.

"Ciao, ragazze! Due caffè?" chiese Janet James passandoci accanto con un vassoio di piatti sporchi. Janet era la proprietaria del bar, quasi sempre presente.

"Certo," risposi.

"Datemi qualche minuto," disse Janet affrettandosi dietro il bancone, prima di scomparire dietro una porta basculante.

Un cuoco impegnato alla griglia riempì alcuni piatti di cibo, che vennero portati via dalla cameriera. Mi guardai intorno, sentendomi sollevata quando non trovai nessuno che conoscevo. O meglio, che non conoscevo bene, dato che di vista conoscevo praticamente tutti. Ma in quei giorni stavo cercando di mantenere un profilo basso, dopo aver mandato a rotoli il mio matrimonio. Lucy rispose a una telefonata e Cade irruppe subito nei miei pensieri. Stava iniziando a diventare un problema. Succedeva ogni volta che non avevo nulla da fare o qualcuno con cui parlare.

Erano passati soltanto due giorni da quando mi aveva quasi fatto perdere la testa e avevo passato un'infinità di ore a pensare a lui. Volevo soltanto poterlo vedere ancora... e ancora e ancora. In qualche modo, eravamo riusciti a ritrovare un certo equilibrio, prima che si offrisse di riaccompagnarmi a Willow Brook. Quanto sarei voluta rimanere a casa di Quinn insieme a Cade e dimenticare tutto il resto. Ma non era così facile. Anche se era riuscito a farmi provare il primo vero orgasmo dopo sette anni, il dolore che ci portavamo dietro non sarebbe certo svanito nel nulla.

Stavo ancora cercando di metabolizzare quello che mi aveva detto durante il viaggio di ritorno da Anchorage. C'era rimasto davvero malissimo che non gli avessi mai dato l'occasione per spiegarsi. Ma a quei tempi ero troppo arrabbiata per vederlo e parlargli. Avevo evitato il più possibile di pensarci. Il dolore era troppo grande. Però, dopo tutto quel tempo, ero quasi tentata di chiedere in giro quanto fossi stata realmente stupida. Shannon non aveva mai provato nemmeno una volta a contattarmi, prima di trasferirsi. Sicuramente qualcuno conosceva le ragioni che l'avevano spinta a comportarsi in quel modo.

"Eeehi, ti sei incantata di nuovo," disse Lucy, agitandomi una mano davanti.

Sollevai lo sguardo. "Eh?"

Lucy alzò gli occhi al cielo. "Ok, è arrivato il momento di farci una bella chiacchierata," affermò con decisione. "Hai lasciato Earl. Non ti dirò che..."

"Oh, puoi dirmi che me l'avevi detto. È vero," la interruppi, con un sorriso triste. Era sempre stata contraria alla nostra relazione, descrivendola come 'porridge insipido'.

Sorrise, ma il calore non raggiunse i suoi occhi. "Non voglio dirti te l'avevo detto perché speravo di essermi sbagliata. Ho preferito non assillarti perché ieri non mi aspettavo di vederti al lavoro, ma ti andrebbe di dirmi come ti senti?"

Stringendomi nelle spalle, agitai la mano. "Non benissimo. Sto di merda. L'altro giorno volevo andare a parlare con Earl, ma non era a casa."

Lucy si appoggiò allo schienale dalla sedia quando Janet si avvicinò al nostro tavolo. Poggiò due caffè davanti a noi e ci guardò. "Cosa vi porto da mangiare?"

"Lo speciale della giornata," disse Lucy.

"Due burger di salmone. Contorno?" rispose Janet.

"Patatine," aggiunsi.

"Perfetto," disse, mentre si allontanava.

Lucy bevve un sorso di caffè e inclinò la testa di lato. "Earl non c'è perché è partito con il fratello per una battuta di pesca." Cercò di mascherare un sorrisino, senza successo.

Lucy non aveva mai avuto problemi a dirmi quello che pensava. Secondo lei, Earl non mi apprezzava davvero come donna. Ma io sapevo benissimo che tra lui e Cade non c'era paragone, ma ai tempi della nostra relazione io e lei non eravamo ancora amiche.

La guardai. "È partito per una battuta di pesca?"

Lucy sospirò. "Già. Vorrei poterti dire che è rimasto sconvolto dal tuo abbandono, ma non è così. L'ha raccontato a suo padre e hanno annunciato insieme l'annullamento del matrimonio. Mentre eravamo tutti preoccupati per te, soprattutto tua madre, ci ha detto di goderci il rinfresco nell'altra sala. E poi è andato a pescare con Dan." Scrollò le spalle osservandomi attentamente.

Provai una stretta al cuore. Sarebbe stato ridicolo da parte mia soffrire perché il mio ex fidanzato aveva accettato così facilmente la nostra rottura. Ciò che più faceva male era la conferma che avevo fatto bene a lasciarlo. Una volta tornato dalla pesca, avrei voluto chiedergli cos'aveva pensato di poter ottenere sposandomi.

"Stai bene?" chiese Lucy.

Bevvi un sorso di caffè. "Sì, sto bene. Sono solo disgustata. È proprio per questo che sentivo di non poterlo sposare. Vorrei tanto essermene resa conto prima, ma è andata così." Mi girai a guardare la porta quando sentii le campanelle tintinnare.

Entrò un gruppo di escursionisti. Provai una certa delusione. Continuavo ad aspettarmi di vedere Cade, ma sembrava ormai una speranza vana.

"Ok, è successo qualcos'altro, vero? Pensavo fossi solo preoccupata per il non-matrimonio, ma a quanto pare mi sbagliavo," disse Lucy, guardandomi con sospetto.

Non riuscii a mascherare il rossore sulle mie guance. Lucy non disse nient'altro e inclinò la testa da un lato.

Dopo un altro sorso di caffè, sbattei la tazza sul tavolo con un po' troppa forza.

"E va bene. Ho visto Cade."

"Cade Masters? Il ragazzo di cui eri innamorata persa? Alle superiori non avevamo la minima confidenza, ma era impossibile non conoscerlo. Gli sbavavano dietro tutte. So che poi Shannon ha rovinato tutto. Che è successo?"

Chiusi gli occhi e feci un bel respiro. "L'ho incontrato in un bar, dove potrei aver fatto a pugni con qualcuno," dissi, indicando l'occhio nero.

Per fortuna, quel tizio aveva una mira terribile. Mi aveva colpita di sbieco e il pugno era scivolato via dalla guancia, quindi il livido stava già scomparendo.

Lucy spalancò gli occhi. "Dovresti darmi un premio per non averti chiesto nulla. Quando l'ho visto, immaginavo che fosse successo qualcosa, ma ho preferito aspettare che tirassi fuori tu l'argomento. Hai fatto a botte, ti sei presa un pugno in faccia e il tuo ex è arrivato in tuo soccorso?"

"Esattamente."

Lucy agitò la mano per aria. "Oh, so che c'è dell'altro. Cos'è successo?"

La mia mente si perse tra i ricordi di quei momenti sensuali e sconvolgenti a casa di Quinn. Solo il pensiero bastò a scatenare in me una vampata di calore. Guardai Lucy e sospirai. "Forse qualcosina, ma sono super confusa," dissi, con voce strozzata.

Il velo di malizia lasciò gli occhi di Lucy. "Ehi, va tutto bene. È stato un periodo difficile, lo so. Scusami, non volevo..." Si fermò quando Janet arrivò con i nostri piatti.

Fui felice dell'interruzione. Mi sentii anche davvero grata di avere un'amica come Lucy. Capiva subito quando qualcuno aveva bisogno di spazio ed era sempre pronta a darglielo. Iniziò a mangiare, mentre io mangiucchiavo distrattamente il mio burger, troppo persa tra i miei pensieri per poter fare qualsiasi altra cosa. Mi ero impegnata tantissimo per cancellare Cade dalla mia mente, quindi era difficile pensare a lui, figuriamoci parlarne. Molti anni prima nel mio cuore c'era soltanto lui, ma poi l'aveva frantumato in mille pezzi. Per evitare di farmi del male con i frammenti, avevo preferito nasconderli sotto il tappeto. Nel giro di pochi giorni, avevo evitato di commettere l'errore di sposare Earl, avevo rivisto Cade dopo fin troppo tempo e avevo scoperto che non mi aveva realmente tradita. Percepivo che anche lui aveva sofferto e covava un profondo risentimento. Dovevo ancora mettere ordine al miscuglio di emozioni ingarbugliate che mi si agitava dentro, quindi non sapevo nemmeno come parlare di lui.

Dopo qualche minuto, guardai Lucy. "Io e Cade abbiamo un rapporto incasinato. Lo amavo da impazzire, ma la nostra relazione finì così all'improvviso. Ne abbiamo parlato e ho scoperto che mi ero persa qualche dettaglio sulla vicenda con Shannon."

Lucy smise di mangiare e bevve un lungo sorso d'acqua dal bicchiere che le aveva portato Janet. "Un attimo. Non parli mai di Cade. Ma proprio mai. Non ho insistito perché pensavo fosse ormai storia vecchia. Allora cos'era successo? Ti prego, dimmi che c'eri arrivata che tra lui e Shannon non c'era mai stato nulla. Perché quello lo so pure io."

Rimasi a bocca aperta. "Eh? E come lo sai?"

Si schiaffeggiò una mano sulla fronte. "Lo sanno tutti. Proprio come tutti sanno di non dover parlare di Cade davanti a te. Ok, ai tempi non eravamo amiche, quindi è meglio se te lo racconto io. Ricordi la relazione finita male di Shannon? Non ricordo il nome del tipo, ma era uno lì all'università."

Annuii, con un nodo allo stomaco. Mi venne la nausea a pensare che forse era stata solo colpa mia se il rapporto con Cade era finito così male.

Lucy continuò. "Comunque, quando tornò in città ci provò subito con Cade. Lui la rifiutò e la vicenda si chiuse lì. Credimi, puoi chiederlo a chiunque. Shannon allora si era incazzata tantissimo." Fece una pausa per dare un altro morso all'hamburger. Dopo aver finito di masticare, mi guardò. "Mi stai davvero dicendo che sei così di coccio da non averlo mai capito?"

Mandai giù il groppo alla gola e annuii. Eh sì, ero davvero testarda.

Il suo sguardo si rattristò. "Oh, tesoro. Santo cielo. Mi dispiace tanto. Tutti pensano che tu e Cade foste la coppia perfetta. Quindi, cos'è successo quando l'hai rivisto? Come ti senti?"

La campanella sulla porta suonò di nuovo e istintivamente voltai la testa. Cade entrò nel locale, con la sua camminata spavalda che mi accese subito un fuoco dentro. I suoi capelli castani erano tutti spettinati. Portava dei jeans scuri che gli abbracciavano ogni muscolo e una maglietta nera aderente sul petto possente. Non riuscivo a smettere di guardarlo.

Il suo sguardo incrociò il mio e inclinò leggermente la testa quando mi riconobbe. Mi batteva forte il cuore, sentivo le farfalle nello stomaco e mi si seccò la gola

"Oh, cielo," disse Lucy divertita.

Mi voltai verso di lei. "Che c'è?"

Un angolo della sua bocca si incurvò mentre scuoteva lentamente la testa. "Beh, adesso capisco perché non hai mai provato nulla per Earl. Sei proprio cotta, eh? E lo è pure lui. Vedete di non bruciare questo posto, con quegli sguardi che vi lanciate."

Capitolo Dodici

CADE

Mi costrinsi a muovermi verso il bancone. Seppi che Amelia era nel locale non appena varcata la porta. L'avevo percepita ancora prima di vederla. Arrivai al bancone e guardai la lavagna appesa al muro accanto alla cassa. Il Firehouse era uno dei miei bar preferiti, ma d'altronde lo era di chiunque. Janet serviva ottimo cibo e sapeva come ravvivare l'atmosfera. Soprattutto, era nata e cresciuta a Willow Brook, quindi conosceva praticamente tutti ed era sempre pronta a dare una mano. In quei sette anni di assenza, non ci avevo più messo piede. Mi ricordava troppo Amelia. Non solo ci aveva lavorato, ma ci avevamo anche passato un sacco di tempo insieme.

Due cuochi erano impegnati alla griglia e tutti gli sgabelli al bancone erano occupati da clienti. Essendo piena estate, c'erano moltissimi volti sconosciuti mescolati a quelli familiari. La porta sul retro si aprì e Janet uscì dalla cucina, un sorriso che apparve sul suo viso non appena posò lo sguardo su di me.

"Cade Masters! Mi chiedevo proprio quando saresti passato. La tua mamma mi ha detto che sei tornato," disse Janet, che uscì da dietro il bancone per abbracciarmi.

Quando mi diede un pizzicotto alla guancia, mi scappò una risata. Perfino mia madre aveva smesso di farlo, ma Janet poteva permetterselo. "Sei sempre bello come il sole. Come stai?" chiese, sorridendo con gli occhi.

L'ultima volta che l'avevo vista, aveva giusto qualche capello bianco. Adesso erano diventati quasi tutti argentati, con qualche striatura castana. Trasmetteva una piacevole sensazione di calore, con i suoi modi premurosi accentuati dal corpo e il viso rotondo. Ma dentro era una donna d'acciaio. Aveva gestito da sola il locale per anni, dopo l'incidente mortale di suo marito su una strada ghiacciata.

Ricambiai il sorriso. "Tutto bene. Mi fa davvero tanto piacere vederti."

Janet si girò a rispondere a un cuoco e poi riportò l'attenzione su di me. "Dai, ti porto qualcosa da bere e da mangiare, offre la casa. Cosa preferisci?"

"Iniziamo con un caffè." Mi fermai e mi guardai intorno. Non c'era neanche una sedia libera. "Aspetto che si liberi un posto."

Quando incrociai di nuovo il suo sguardo, inarcò un sopracciglio e fece un cenno verso Amelia. "Potresti sederti con Amelia e Lucy. Non penso abbiano problemi," disse con un luccichio negli occhi.

Feci una risata. "Non ne sarei così sicuro."

Con una mano sul fianco, mi lanciò un'occhiataccia. "So che l'hai riaccompagnata a Willow Brook, quindi vedi di non prendermi per i fondelli. E non preoccuparti dei pettegolezzi. Lei ed Earl non sarebbero mai dovuti stare insieme. La vedeva soltanto come un trofeo. Non l'ha mai apprezzata veramente e non ha battuto ciglio dopo essere stato abbandonato all'altare. Oh, forse sarà rimasto ferito il suo orgoglio, ma nient'altro. Va' a parlarle. Se vuoi sistemare le cose, devi essere diretto."

Aprii la bocca, ma la richiusi subito. Janet rise piano e si voltò per andare a prendermi del caffè. Dopo avermene portato una tazza, mi fece l'occhiolino. "E poi, non ci sono altri posti."

Scossi la testa, ma feci comunque come mi aveva detto. Tutti quanti davano retta a Janet. Mi feci strada tra i tavoli per arrivare da Amelia e Lucy Caldwell. Lucy la conoscevo soltanto di sfuggita. Si era trasferita a Willow Brook quando frequentavamo le superiori. Era una bella ragazza bionda e occhi azzurri a cui molti andavano dietro, ma lei non si era mai dimostrata interessata. Dopo il giorno in cui Amelia era riuscita a rapire di nuovo il mio cuore e il mio corpo, avevo chiesto qualche informazione sul suo conto a mia madre. Non era stato difficile; era evidente che avesse passato anni a tenersi tutto dentro per colpa mia.

Mi aveva detto che Amelia aveva frequentato qualche ragazzo, ma niente di serio finché, un paio d'anni prima, era arrivato Earl. A quanto pare, Amelia aveva un'impresa edile tutta sua e Lucy lavorava per lei. A detta di mia madre, ogni tanto ingaggiava altre persone, ma Lucy era la sua unica dipendente fissa.

Ai tempi, quando stavo per partire per la California, non sapeva cosa fare della sua vita. Mi rallegrò sapere che facesse qualcosa che le piaceva e in cui era davvero brava. Sapevo benissimo che non le sarebbe convenuto iniziare a lavorare per un'altra impresa. Non erano molte le donne che lavoravano nell'edilizia. Nemmeno in Alaska, dove le donne sapevano conciliare la femminilità ad attività più virili, come le scalate in montagna, la caccia e la pesca. Amelia aveva anche un carattere molto indipendente. Le piaceva fare le cose a modo suo. Il problema era che non sapeva gestire la rabbia e sicuramente era stato proprio per quello che mi aveva tagliato fuori in quel modo.

Passai attorno a uno zaino lasciato sul pavimento e arrivai al tavolo di Amelia e Lucy. I suoi occhi azzurri, con folte ciglia bionde, furono i primi a notarmi. A me non faceva alcun effetto, ma ero sicuro che un sacco di ragazzi impazzissero per lei. Nonostante la sua bellezza, portava dei jeans malconci, una maglietta larga e le era rimasta un po' di terra su un braccio. "Ciao, Cade," disse raggiante. "Non so se ti ricordi di me."

Inclinai la testa. "Lucy Caldwell. Anche se non ci conosciamo, mi ricordo di te."

Il suo sorriso si allargò. "Mi fa piacere. Ti unisci a noi?"

Guardai Amelia, che aveva sollevato lo sguardo. Aveva le guance arrossate. Che fosse contraria o meno, non disse nulla. Riuscivo a percepire il tumulto che le agitava la mente. Ma non me ne fregava nulla. Mi ero sentito completamente perso quando mi aveva tagliato fuori dalla sua vita e sapevo benissimo che quello che c'era tra noi era unico. Nonostante i miei sentimenti contrastanti, non potevo permettermi di perdere un'altra occasione.

Spostai la sedia dal tavolo per sedermi. "Grazie per l'invito," dissi, accennando un sorriso verso Lucy, per poi girarmi verso Amelia.

Ero seduto tra loro due, che erano faccia a faccia. Amelia sollevò leggermente il mento e dovetti trattenermi dal baciarla. Dovevo recuperare anni di baci arretrati. I pochi che avevo dato non significavano nulla. Eravamo vicinissimi, quindi provai a tenere a freno i miei istinti. Non era facile averla così vicino.

"Ciao, Amelia."

Si schiarì la gola e arrossì violentemente. Maledizione, quanto amavo vederla così turbata. Era un'occasione piuttosto rara. O almeno, un tempo. Era una donna forte e sicura di sé. Riuscire a farla tentennare in quel modo mi faceva sentire speciale, perché lei era il mio punto debole e mi piaceva vederla così vulnerabile.

Quando Amelia non rispose, Lucy sospirò rumorosamente. "Ok, che ne dite se vi lascio soli?"

Amelia sbarrò gli occhi e si voltò verso di lei, con una punta di paura nello sguardo. "Oh, no, non ce n'è bisogno. Cioè, dobbiamo tornare al lavoro e..."

Lucy scosse la testa. "Sei mia amica e ti adoro, ma è da anni che non fai altro che evitare quest'uomo." Mi indicò con un sorriso affettuoso. "Ormai è arrivato il momento di porre fine a questa follia. Ci vediamo domani mattina in ufficio, così andiamo insieme dai Jacobson."

Mi resi conto subito che Lucy era una donna fantastica. Si alzò con il piatto in mano, senza darle nemmeno il tempo di rispondere. Si chinò e le diede un bacio sulla guancia. "Andrà tutto bene." Posò i suoi occhi azzurri su di me. "E tu vedi di comportarti come si deve. Ho sentito parlare molto bene di te, quindi vedi di non deludermi."

La sua apparente innocenza nascondeva un carattere molto forte. Intuii subito che se avessi torto anche solo un capello ad Amelia me l'avrebbe fatta pagare cara. Mi chiesi quanto sapeva sul nostro rapporto. Dato che non avrei potuto chiederglielo in quel momento, incrociai il suo sguardo deciso e annuii. "Ricevuto."

Sorrise. "Divertitevi, ragazzi." Si girò e urlò, "Janet, mi serve una confezione per gli avanzi!"

Bevvi un sorso di caffè e guardai Amelia, che si stava tormentando il labbro inferiore. Doveva smetterla, altrimenti non sarei più riuscito a trattenermi e l'avrei baciata davanti a tutti. Certo, sicuramente tutti pensavano che Amelia avesse buoni motivi per lasciare Earl, ma sicuramente non avremmo fatto un'ottima figura baciandoci in un bar appena una settimana dopo.

Incrociò il mio sguardo. "Ehi," disse finalmente. "Ehm, come stai?"

Pensai a come rispondere, perché era una domanda difficile. Da un lato, non mi ero mai sentito meglio. La sola e unica donna che avessi mai amato era di nuovo single. Finalmente avevo potuto sentirla sciogliersi di nuovo tra le mie braccia. Era stato meraviglioso, anche se non aveva fatto altro che ravvivare il desiderio che mi bruciava dentro. Dall'altro lato, ero seduto lì davanti a lei, pronto a colmare la voragine che ci separava. Alle spalle avevamo sette anni di rancore e rimpianti. Per poter risanare i rapporti dovevamo assolutamente superare quella voragine, altrimenti i nostri sentimenti non sarebbero bastati per poter ricominciare da capo.

La guardai in quei suoi occhi ambrati, dove vidi riflesse così tante emozioni, e provai a ricompormi. "Io sto bene. Tu?"

Si strinse nelle spalle. "Così così. È, ehm... beh, è strano sapere che sei tornato. Che sei davvero qui. E che ci resterai."

Mi sentii scoppiare il cuore. Per tenere sotto controllo le mie emozioni, sorseggiai di nuovo il caffè prima di rispondere. "È strano anche per me. Ma pensavo sarebbe andata peggio, quindi non posso lamentarmi."

"In che senso?"

Mi lasciai sfuggire una risata amara. "Beh, pensavo che mi sarei dovuto abituare a vederti con un altro uomo." Dovetti fermarmi per schiarirmi la gola. "Senti, non sapevo proprio come fare. Mi ero convinto di averti dimenticata. Mi mancava questo posto per un milione di motivi non legati a te e per un milione di motivi legati a te. Adesso sono qui e la situazione non è quella che mi aspettavo. Non sei sposata ed è ovvio che non sia riuscito a cancellare ciò che provo per te. Ma mentirei se dicessi che non ho odiato il modo in cui è finita tra di noi. E il fatto che tu non mi abbia mai permesso di spiegarmi mi ha fatto infuriare."

Inspirò profondamente e un velo di lacrime le faceva brillare gli occhi. Cazzo. Ero andato dritto al punto. Senza pensarci, posai una mano sulla sua. "Ehi, non volevo..."

Scosse vigorosamente la testa. "Tranquillo. Stai solo dicendo le cose come stanno. Sappiamo entrambi com'è andata."

La sua mano era fredda e la sentivo tremare lievemente. Restai in silenzio.

Dopo qualche istante, mi guardò di nuovo. "Forse è meglio se mangiamo," disse, accennando un sorrisino.

Non riuscii a trattenere un largo sorriso. Nonostante le emozioni altalenanti, finalmente ero a casa. E Amelia era lì con me.

Capitolo Tredici

AMELIA

Appoggiai i fianchi contro il bancone della cucina e incrociai le braccia, trattenendomi dall'imprecare.

Nel frattempo mia madre, Sarah Haynes, stava lavando in modo aggressivo i piatti. Era una donna molto tranquilla, ma c'era una cosa che la faceva imbestialire: il dramma. E in quel momento il dramma era la mia fuga dalle nozze, quindi aveva ben deciso di sfogare tutta la frustrazione sui piatti sporchi.

"Ancora non riesco a crederci," disse, mentre i suoi capelli scuri con qualche ciocca bianca ondeggiavano da una parte all'altra. Sciacquò un altro piatto e lo ripose con prepotenza sullo scolapiatti, prima di girarsi. Prese uno strofinaccio per asciugarsi le mani, mentre mi inchiodava con lo sguardo. "Vorrei tanto che ti fossi risparmiata il disturbo, rifiutandoti dall'inizio di sposarlo."

"Mamma, so che è un disastro. Mi dispiace. Davvero. Ma l'unica persona a cui debba chiedere scusa è Earl, che però è partito per andare a pesca," risposi, pensando a quanto ero stata stupida.

Dopo un momento, lo sguardo di mia madre si

addolcì e sospirò. "Scusami, tesoro. Hai assolutamente ragione. L'unica persona a cui devi delle scuse è Earl, anche se secondo me non se le merita. Sinceramente, la sua reazione non mi è piaciuta affatto. Ho sempre nutrito dei dubbi sulla vostra relazione, ma dopo quello..." Notai un lampo di rabbia nei suoi occhi. "Non sono arrabbiata perché hai annullato il matrimonio. Sono arrabbiata perché avevi accettato di sposarlo."

Mia madre si allontanò dal bancone, prendendo il bastone che vi era appoggiato. Due anni prima era rimasta coinvolta in un brutto incidente d'auto, da cui era uscita con un'anca e una caviglia rotte, e il femore fratturato. Col tempo era riuscita a riprendersi, ma faceva comunque fatica a camminare. Non era mai riuscita ad accettarlo perché aveva sempre avuto una vita molto attiva, ma piano piano si era adeguata.

La seguii al tavolo della cucina e mi sedetti di fronte a lei, appoggiando il mento sulla mano. "Lo so, mamma. Vorrei tanto aver capito prima che non era la strada giusta per me. Lucy mi ha detto che Earl non sembrava molto turbato."

Mia madre annuì lentamente mentre beveva un sorso del caffè che aveva preparato qualche minuto prima. "No, per nulla. Oh, penso che un po' l'abbia ferito, ma tutto qui. Tu invece come stai?"

Ci pensai un attimo e mi strinsi nelle spalle. Non era una domanda facile a cui rispondere. In certi momenti mi sentivo terribilmente sollevata per aver chiuso con Earl. In altri, traboccavo di gioia al pensiero che Cade fosse tornato e che forse avremmo potuto risolvere la nostra situazione. Oscillavo tra l'euforia e il terrore. Avevo paura che non avrei sopportato di farmi spezzare di nuovo il cuore da lui. Ancora non ero guarita completamente dalla prima volta. Anzi, avevo soppresso completamente tutto il dolore, senza nemmeno riuscire a parlare di lui. In qualche modo ero addirittura riuscita a evitare la verità su quello che era successo con Shannon. Era stata soltanto lei a tradirmi.

Proprio non riuscivo a scacciare i dubbi assillanti generati dalla sua manipolazione. Il problema era che Shannon era una ragazza a cui andavano dietro praticamente tutti. Era molto bella, senza il fisico da Amazzone come il mio, e molto femminile. Onestamente, se non ci fossimo conosciute quando eravamo bambine, dubito che saremmo diventate amiche. Quando avevamo iniziato le superiori, le differenze tra di noi non fecero che farsi più evidenti.

Lo sguardo acuto di mia madre si posò su di me. "Cade ti ha riaccompagnata a Willow Brook," disse, più come un'affermazione che una domanda.

Annuii e mi chiese, "Immagino che tu non voglia parlarne, vero?"

Stringendomi nelle spalle, risposi con spirito. "È difficile parlarne, dato che quando l'ho rivisto mi sono sentita come se mi avesse colpito un fulmine."

Mia madre sorrise con affetto. "Immagino. Il fatto che tu non abbia cambiato discorso quando l'ho nominato è una cosa positiva."

Riuscì a strapparmi una risata, ma mi si strinse il cuore. Ero stata sempre così determinata a non parlare di lui che mi ero persa dettagli di vitale importanza.

Mia madre inclinò la testa da un lato. "Beh, mi sono sempre trattenuta perché non mi permettevi di parlarne. Ma Georgia mi ha detto che è tornato a vivere in paese, quindi ti dirò ciò che penso. Lo amavi da impazzire e non hai mai smesso di farlo. Non ripetere gli stessi errori."

La guardai, frenando l'istinto di mettermi a discutere. Dopo un istante, annuii. "Diciamo che ci sto provando. Ti basta?"

Speravo soltanto di riuscire a superare tutti i miei dubbi.

Mia madre inarcò un sopracciglio. "La vita è la tua, ma ti voglio un bene dell'anima ed è stato terribile vederti così a pezzi. Cade se n'era andato, quindi non aveva più senso rivangare il passato."

Per mio immenso sollievo, il telefono di mia madre iniziò a squillare. Sfoderò un sorrisetto. "Ti ha salvata tuo fratello," disse quando guardò lo schermo e rispose.

"Ciao, Quinn," disse.

Annuii e mi guardò. "Tua sorella è qui davanti a me. Come ti ho già detto, è tornata a casa dopo aver passato una notte a casa tua."

"Salutalo da parte mia," sussurrai.

Sollevò un dito mentre ascoltava Quinn. "Tua sorella ti saluta."

Dopodiché, mi passò il telefono. Dato che non avevo altra scelta, lo presi e me lo portai all'orecchio. "Che si dice, Quinn?"

"Tutto bene, dai. Tu piuttosto come stai?" replicò.

Riuscii a immaginare il suo sguardo preoccupato. Mi ero sempre ritenuta fortunata ad avere un fratello come lui. Era davvero una brava persona.

"Sto bene," risposi, senza sapere cos'altro dire dopo il weekend burrascoso che avevo appena passato. In quel momento avrei dovuto essere in luna di miele. Nel giro di pochi minuti, avevo messo sottosopra la mia vita. Solo a pensarci, un'altra ondata di sollievo mi travolse.

Quinn rise piano. "Proprio come mi ha detto mamma. La prossima volta che decidi di fare una cosa così avventata, che ne dici di chiamarci per non farle venire un infarto?"

Soffocai un sospiro, attanagliata dal senso di colpa.

"Quinn, mi dispiace, davvero. Non stavo pensando lucidamente e ho buttato via il telefono. Non volevo che Earl mi cercasse, ma non ho pensato a tutto il resto."

"Immaginavo. Comunque sia, direi che è stato meglio così, no?"

Mi appoggiai allo schienale della sedia, facendo scorrere un dito sul legno del tavolo. "Sì. Poco prima della cerimonia, ho sentito che non ce l'avrei fatta."

"D'accordo. Voglio soltanto che tu stia bene. Lacey mi ha raccomandato di dirti che puoi chiamarla, se hai bisogno di qualcuno con cui parlare."

Sorrisi, sentendomi chiudere la gola dall'emozione. Anche se non mi andava di parlarne, sapevo di essere fortunata ad avere una famiglia così premurosa. "Ringraziala, ma per il momento sto cercando di non pensarci e rimettermi in piedi."

"Mi fa piacere. Se hai bisogno di passare qualche altra notte a casa mia, fai pure."

"Grazie, Quinn. Ho tagliato un sacco di legna."

Tra le risate, mi salutò. Rimasi un altro po' da mia madre per aiutarla in giardino e poi mi diressi in ufficio. Cade era ormai un chiodo fisso nella mia mente, quindi pensavo a lui in ogni momento morto della giornata. Aveva una presenza imponente e mi sentivo come travolta da una marea che mi spingeva con forza verso di lui. Quando non pensavo a come superare sette anni di malintesi e testardaggine, fantasticavo su Cade. In quel momento, provai una vampata di calore al ricordo del suo sapore e delle sue dita dentro di me.

Capitolo Quattordici

CADE

Entrai nella caserma di Willow Brook e mi diressi al banco di accoglienza, dove una ragazza stava parlando al telefono. Non l'avevo mai vista. Prima di partire per la California, ci avevo lavorato spesso come volontario. A quei tempi, Carol Rogers era il cuore pulsante della centrale praticamente da sempre. Era deceduta un anno prima e mi era dispiaciuto non poterci essere per il funerale perché ero impegnato a domare incendi devastanti sulla Sierra Nevada. Carol era stata come una nonna per me, così come per molti dei pompieri che avevano lavorato lì.

La sua sostituta era una giovane ragazza con ricci castani legati precariamente in una coda e grandi occhi marroni. Chiuse la telefonata e mi guardò da dietro il bancone. "Ciao, come posso aiutarti?" chiese con indifferenza. Decisamente le mancavano i modi affettuosi e materni di Carol.

"Cade Masters. Sono qui per lasciare le mie cose prima di iniziare a lavorare la settimana prossima."

La sua espressione non mutò, ma annuì. "Ok. Controllo solo se ti stavano aspettando."

Mi strinsi nelle spalle, leggermente infastidito. Altro che caloroso benvenuto.

Chiamò qualcuno, mi nominò e poi annuì. Dopo la telefonata, si alzò e uscì da dietro il bancone per aprire la porta che dava sul retro. "Vieni pure," disse, con un cenno verso il corridoio.

Superata la soglia, mi sentii realmente a casa. Anche se ero tornato in paese da qualche giorno, per me la caserma era come una seconda casa. Aveva sempre fatto parte della mia vita, dato che mio padre era il capo della polizia e la stazione era lì vicino. Dopo l'anno di formazione in California, avevo sempre tenuto d'occhio le posizioni aperte per poterci tornare.

Avevo cercato di evitare il dolore di dover vedere Amelia con un altro uomo, ma Willow Brook mi mancava e il mio sogno era sempre stato di lavorare nella sua caserma. La caserma di Willow Brook non disponeva di molto personale, dato che il paese era piuttosto piccolo, ma essendo sede di due squadre hotshot c'era sempre un gran via vai. In piena stagione degli incendi, a Willow Brook arrivavano e partivano squadre federali e statali. In quegli anni, gli incendi sulla costa occidentale, inclusa l'Alaska, erano aumentati notevolmente, quindi c'era un grande bisogno di pompieri hotshot. Eravamo le uniche squadre specializzate per lavorare autonomamente in luoghi isolati e sperduti, ma anche su terreni dissestati. Ero stato assunto come caposquadra e non vedevo l'ora di iniziare. Era previsto che iniziassi a lavorare ufficialmente la settimana seguente, ma dovevo lasciare la mia attrezzatura e volevo vedere un po' chi c'era in giro.

Accennando un sorriso, la ragazza ci chiuse la porta alle spalle. Non potei fare a meno di notare le sue curve generose. Con Amelia sempre tra i miei pensieri, ovviamente non sentii la minima attrazione, ma era oggettivamente una piacevole distrazione in caserma. Beh, però aveva davvero un pessimo carattere. Decisi comunque di provare a fare due chiacchiere.

"Piacere, Cade. Non mi sembra di averti mai vista." Le porsi la mano.

"Maisie Rogers," disse, stringendomi la mano con voce piatta.

"Non sarai mica parente di Carol Rogers?" chiesi, lasciandole andare la mano per seguirla lungo il corridoio.

"Era mia nonna," rispose Maisie, il suo tono leggermente addolcito.

"Davvero? Allora non sei cresciuta qui, perché altrimenti ti avrei riconosciuta."

Un riccio rimbalzò come scosse la testa. "No. Mia mamma ha studiato all'università a San Francisco e poi non è più tornata. Mia nonna mi ha lasciato casa sua nel testamento. All'inizio non pensavo di prendere il suo posto, ma quando sono arrivata era ancora vacante. Così ho pensato di farmi assumere e sono ancora qui."

Arrivammo a una porta che Maisie aprì, fermandosi tutto d'un tratto.

Il retro era proprio come lo ricordavo — armadietti, attrezzatura appesa alle pareti, una cucina e un salottino.

"Cade!" disse qualcuno.

Il ragazzo in questione si allontanò dalla cucina, avvicinandosi.

"Che piacere vederti, Beck! Non pensavo di trovarti qui," risposi andandogli incontro.

Beck mi diede un abbraccio veloce e poi sorrise pigramente. "Certo che sono ancora qui. Sono il capo dell'altra squadra. Che si dice?"

Io e Beck Steele avevamo fatto le superiori

insieme. Frequentavamo le stesse compagnie, ma prima che partissi per la California non aveva ancora iniziato a lavorare come pompiere. Mi era giunta voce che avesse iniziato a lavorare lì. Beck era un bravo ragazzo. Affidabile, posato e con la risata pronta. Non prendeva nessuno troppo seriamente, nemmeno se stesso. Con i ricci corvini e gli occhi verdi, alle superiori aveva fatto molte conquiste. Ma da quello che sapevo, nessuna era mai riuscita a conquistare lui. Si divertiva soltanto a farsi rincorrere.

"Tutto bene. È bello essere a casa," risposi.

"Ed è bello averti qui. Hai conosciuto Maisie, sì?" chiese replicando, guardandoci.

Maisie annuì e i ricci della coda rimbalzarono. L'incongruenza tra il gesto e la sua espressione impassibile mi strappò quasi una risata.

"Sì, ci siamo presentati," affermai.

Beck si strinse nelle spalle, con un altro sorriso pigro. "Ma certo." Incrociò il mio sguardo. "Carol ci manca da impazzire, ma anche Maisie è bella tosta."

Maisie socchiuse gli occhi e arrossì. Aprì la bocca per dire qualcosa, quando la radio appesa alla sua cintura suonò. La prese e uscì di corsa.

Riportai lo sguardo dalla porta a Beck. "Sarà anche tosta come Carol, ma... non è sicuramente premurosa e affettuosa come lo era lei."

Beck fece spallucce, alzando gli occhi al cielo. "Già, stiamo ancora provando a farla sciogliere un po'."

Mi guardai intorno fino a ripuntare lo sguardo su Beck. "Allora, ho portato dell'attrezzatura da lasciare qui. Posso portarla dentro?"

"Certo. Ti do una mano."

In breve tempo, avevo sistemato tutto in un armadietto, conosciuto altri ragazzi e parlato un altro po' con Beck, che mi portò al suo pick-up e si appoggiò al portellone posteriore. "Beh, cos'è che ti ha spinto a tornare?" chiese.

"Era da un po' che volevo farlo. Quando ho visto che si era liberata la posizione di caposquadra, mi ci sono fiondato subito."

Preferii non dirgli che ero rimasto via così a lungo anche per evitare Amelia e il nostro rapporto andato ormai in fumo.

Beck mi guardò e annuì lentamente. "Immagino che tu sappia che la tua ragazza ha abbandonato Earl Osborne all'altare."

Mi passai una mano tra i capelli. "Amelia non è più la mia ragazza da molto tempo."

Beck rise. "Sì, certo. Amo questo posto, ma le voci girano in fretta. So pure che sei stato tu a riaccompagnarla a Willow Brook, dopo le nozze annullate. Ti avverto, se lo so io, sicuramente lo sa pure tutto il paese."

Colpii una ruota dell'auto col tallone. Mi erano mancate molte cose di Willow Brook, ma non di certo i pettegolezzi. "Porca miseria. Non dirmi che c'è gente arrabbiata con me. L'ho soltanto incontrata in un bar. Santo cielo, aveva appena scatenato una rissa," dissi tra le risate.

Beck portò indietro la testa e scoppiò a ridere. "Sarà stato uno spettacolo, immagino."

"Oh, sì. Ero appena arrivato e l'ho vista tirare un pugno in faccia a un tizio. Un secondo dopo, quello lì l'ha messa al tappeto." Mi fermai e scossi la testa. "Quindi mi sono intromesso e l'ho portata fuori. Non sapevo che avesse appena lasciato Earl, anche se l'avevo intuito dall'abito da sposa che indossava."

Beck scosse la testa. "Beh, tra il suo matrimonio fallito e il tuo ritorno, in paese ne avranno da parlare per mesi."

"Mamma mia, che palle," risposi.

Beck mi guardò per un istante. "Già. Beh, almeno si tratta di Earl. È un ragazzo molto tranquillo, dubito che gliene fregherà molto. E proprio per questo penso che Amelia abbia fatto bene a lasciarlo."

Il telefono di Beck squillò e lui controllò lo schermo. "Devo rispondere, è la banca. Sto cercando di comprare un terreno. Che ne dici se ci vediamo anche con gli altri questo sabato al Wildlands?"

"Ci sarò," risposi. Beck annuì e accettò la chiamata.

Quando tornò dentro, mi guardai intorno. Willow Brook era uno dei paesi più antichi dell'Alaska, fondato durante la mitica epoca della corsa all'oro. La prima caserma era stata convertita nel Firehouse, mentre quella attuale era stata costruita quando ero bambino. Per quanto fosse un edificio antiquato e funzionale, era situato sulla Main Street, con una bella vista sul lago di Swan.

Il sole scintillava sulla superficie dell'acqua, solcata dai cigni trombettieri che ogni estate tornavano a impreziosire il lago con la loro eleganza. Mi girai verso il panorama e feci un bel respiro. Mi era mancato, così come mi erano mancate tante cose. Un po' mi ero pentito di non essere tornato prima a casa. Eppure, dentro di me, sapevo che sarebbe stato completamente diverso dover convivere con la realtà che Amelia fosse di un altro uomo. Ancora non riuscivo a darmi pace, ma perlomeno il dolore al pensiero che il nostro rapporto fosse ormai irreparabile era svanito.

Controllai l'orologio. Era arrivato il momento di cercarla.

Capitolo Quindici

AMELIA

"In che senso non puoi venire prima di una settimana?" chiesi al telefono.

"Amelia, mi dispiace. L'escavatore ha subito dei danni qualche giorno fa in un incidente con un autoarticolato mentre tornavo da Anchorage. Fidati, dispiace molto anche a me," rispose Max.

Max Richards era un collega a cui davo solitamente in subappalto gli scavi. Per lui era soltanto un lavoro part-time. Lavorava come biologo per il governo federale, ma come molti in Alaska aveva tanta carne al fuoco. Dopo brutte esperienze con squadre a tempo pieno, che pensavano fossi così stupida da accettare le loro tariffe, avevo sentito parlare di Max e avevo deciso di contattarlo. Era un vecchio amico di Quinn e mi fidavo ciecamente di lui. Applicava tariffe oneste e avevamo un buon ritmo. Dato che io e Lucy eravamo sole ci tenevamo sempre impegnate, senza però mai riempirci di lavoro.

Camminai nervosamente davanti al mio furgone, ragionando sul da farsi. "Quando sarà pronto?"

"La settimana prossima. Se puoi aspettare qualche giorno, posso essere al cantiere lunedì," rispose Max.

Sapendo che con così poco preavviso non sarei riuscita a ingaggiare nessun altro senza pagare una fortuna, decisi di aspettare. "Allora aspetterò."

"Grazie, Amelia. A lunedì," disse Max prima di terminare la telefonata.

Mi infilai il telefono in tasca e cercai Lucy con lo sguardo. Vicino al fiumiciattolo che scorreva in un angolo del terreno, vidi i suoi capelli biondi che spuntavano da sotto un berretto da baseball. Quando mi avvicinai, notai che aveva il viso praticamente sul filo dell'acqua.

"Ok, Lucy, *cosa* stai facendo?"

Lucy sollevò rapidamente lo sguardo per poi riportarlo sul ruscello. "Guarda! Ci sono delle trote," disse Lucy indicando l'acqua, ma riuscivo soltanto a vedere i riflessi del sole sulla superficie.

Mi avvicinai e vidi delle trote vorticare in un piccolo mulinello creato dalle rocce. "Fantastico. Magari ai Jacobson piace pescare."

Lucy si tirò su e si strinse nelle spalle. "Può essere. Tu li hai già conosciuti?"

I Jacobson mi avevano commissionato la costruzione della loro nuova casa, su raccomandazione di nientemeno che il padre di Cade. "No. Erano venuti l'estate scorsa, ma quest'anno non sono ancora passati. Pensavano di venire il mese prossimo, quindi spero che questa settimana di ritardo non sia un problema."

Lucy strinse gli occhi. "In che senso?"

"L'escavatore di Max ha avuto un incidente. Dice che potrà venire soltanto lunedì prossimo, ma nel frattempo..." Mi strinsi nelle spalle. "Non c'è molto che possiamo fare. I progetti sono pronti, ma non possiamo iniziare a costruire se il terreno non è pronto, quindi ci tocca aspettare. Per oggi facciamo altro. Hai presente quel porticato che dobbiamo finire di installare? Perché non ci pensi tu? Io invece vado a parlare con quell'altra coppia che vuole iniziare a progettare la nuova casa. Ormai è tardi per cominciare a lavorarci quest'anno, ma vogliono portarsi avanti. Che ne dici?"

Tornammo insieme al furgone. Lucy calciò pigramente un sassolino. "Per me va bene. Secondo te ha senso cercare qualcun altro che si occupi degli scavi?"

"Soltanto se fossi disposta a pagare un occhio della testa. E poi sappiamo che Max fa sempre un ottimo lavoro senza mai prendere scorciatoie. Preferisco un ritardo piuttosto che dovermi preoccupare che qualcun altro possa fare un lavoro scadente."

Arrivate al furgone, Lucy iniziò a dire qualcosa, ma si fermò quando sentimmo delle ruote sul vialetto in ghiaia tra gli alberi. "Chi potrebbe mai...?" Lucy non continuò la domanda e un largo sorriso apparve sul suo volto.

Quando mi voltai, vidi il pick-up di Cade che si avvicinava. Iniziò a martellarmi il cuore e sentii le farfalle nello stomaco.

Cade parcheggiò accanto al furgone e uscì dall'auto. Me lo mangiai con gli occhi. Non riuscii a resistere. Mi mancava già come l'aria. Sette anni passati a cancellarlo dalla mia mente non avevano fatto altro che accumulare sette anni di desiderio. Era lì davanti a me, in carne ed ossa. Soltanto un'occhiata bastò a riportare alla memoria il sapore delle sue labbra e il modo in cui mi aveva fatta impazzire quel giorno a casa di Quinn. Ero tutta un fuoco, turbata all'estremo.

Portava jeans scuri abbinati a una maglietta nera che non lasciavano nulla all'immaginazione. Mi si seccò la gola quando il suo sguardo si posò su di me, i suoi occhi verdi che si rabbuiarono all'istante. Mi ero dimenticata della presenza di Lucy finché non si schiarì rumorosamente la gola, facendomi arrossire.

Distolsi lo sguardo da Cade e la guardai, forzandomi di apparire normale. "Quindi, ehm..."

Lucy mi interruppe e ci guardò entrambi. "Cade, ti dispiace darle un passaggio in ufficio?"

La fissai confusa. "Cosa? No, ho del lavoro da sbrigare. Devo..."

"Tanto il furgone serve a me. Passo a prendere la pavimentazione in legno e poi vado a finire di installarla. Così non devo passare per il paese," affermò Lucy.

Aveva assolutamente ragione, eppure la malizia nel suo sguardo non mi sfuggì. Cade rispose prima che potessi dire qualcosa.

"Allora ti accompagno io. Meglio non far perdere tempo a Lucy costringendola a passare per il centro," disse.

La sua voce roca mi fece venire la pelle d'oca. *È assurdo. Sta solo parlando e tu sei qui senza fiato.* Ignorai la mia voce interiore e guardai Lucy e Cade. Mi sentivo come sdoppiata tra due impulsi: quello di fuggire perché Cade risvegliava in me le emozioni più disparate che non sapevo come gestire, e quello di gettarmi tra le sue braccia e lasciarmi completamente andare.

Dato che non dissi nulla, Lucy mi strappò le chiavi di mano. "Allora è deciso. Poi fammi sapere i programmi per domani."

Balzò subito sul furgone e, dopo avermi salutata, fece retromarcia. Lo seguii con lo sguardo mentre si allontanava lungo il vialetto.

Il mio cuore iniziò a battere forte e rapidamente. Non desideravo altro che essere di nuovo da sola con

Cade, quindi un potentissimo vortice di emozioni mi travolse. Dopo un respiro profondo e aver provato senza successo a calmare il mio cuore frenetico, mi voltai verso Cade. Si stava guardando in giro, quindi potei ammirarlo per un po'. I ricci castani erano spettinati, come sempre. Seguii con lo sguardo i lineamenti marcati del suo viso, scendendo lungo il collo fino al petto muscoloso. Posai gli occhi sul colletto della maglietta, che metteva in mostra la pelle abbronzata che avrei tanto voluto leccare.

Sei seria? Ma cosa ti viene in mente? Quest'uomo ti ha quasi rovinata. Anche se alla fine non è andata davvero come pensavi, non puoi lasciarti andare così facilmente, altrimenti rischi di perdere la testa.

Scacciai si nuovo questi pensieri. Non potevo permettermi di lottare con le mie emozioni quando Cade era lì davanti a me.

"Bel terreno," commentò Cade, volgendo lo sguardo su di me. "Chi l'ha comprato?"

Mi guardai intorno. Era davvero una zona incantevole, immersa in una foresta di abeti del Colorado, pioppi e betulle. Da un lato c'era il ruscello in cui Lucy aveva visto le trote, dove gli alberi più radi offrivano una vista sul lago di Swan. Guardai Cade e annuii. "È proprio un bel posto. Una coppia ha comprato il terreno dall'azienda di legname che aveva messo in vendita alcuni lotti qualche anno fa. È stato tuo padre a parlare di me ai Jacobson."

Cade annuì lentamente, guardandomi dritto negli occhi e facendomi sentire le capriole nello stomaco. Quando mi fissava così, non distoglieva mai lo sguardo. Durante quei giorni d'amore lontani, era in grado di farmi impazzire con uno sguardo. Ci sapeva ancora fare. Che fosse la sua presenza o la mia debolezza nei suoi confronti a farmi quell'effetto? Non lo sapevo.

Rimase in silenzio, il mondo attorno a noi che sembrava quasi svanire. Sentii in lontananza il frusciare di scoiattoli tra le fronde degli alberi e il gracchiare insistente di una cornacchia. Però mi voltai verso Cade, come attratta da una calamita.

Il mio respiro diventò più affannoso e provai a mantenere la calma, ma inutilmente. Una potente sensazione di calore mi pervase. Cade si voltò verso di me e mi tolse il berretto, facendomi ricadere i capelli sulle spalle. Poi sollevò una mano e passò le dita tra le mie ciocche. Non disse una parola. L'aria attorno a noi si fece sempre più pesante, mentre il desiderio mi travolgeva in calde ondate che mi fecero rabbrividire.

Fece un passo avanti, avvolgendosi i miei capelli attorno alla mano per attirarmi a sé, lasciandomi senza fiato.

"Che stai facendo, Cade?" La mia voce era roca e ansimante.

"Questo," disse con decisione senza aggiungere altro, prima di premere le labbra sulle mie.

Il contatto fu come un'esplosione che mi accese un fuoco dentro. Mi sentii ardere di desiderio e l'unico modo per salvarmi era gettarmi tra le fiamme insieme a lui.

Le nostre lingue duellarono — era un bacio passionale, rovente, umido. Mi strinse a sé, la sua erezione prorompente contro il mio ventre, mentre passava le mani su ogni curva del mio corpo. Nonostante fossimo appiccicati, ancora non mi bastava. Esploravo avida il suo corpo, infilandogli le mani sotto la maglietta per poter sentire la sua pelle calda e i muscoli scolpiti.

Ero persa in un altro mondo, finché non rallentò il bacio e mi riportò gradualmente con i piedi per terra. Poi fece scivolare le labbra lungo il collo, facendomi venire la pelle d'oca. Quando si fermò nella curva tra il collo e la spalla, provai a riprendere fiato. Mi resi improvvisamente conto di avergli messo saldamente una mano sulla patta e una sulla schiena, per stringerlo a me. Il mio corpo non poteva sopportare neanche la minima distanza con il suo, e nemmeno il mio cuore.

Ma la mia mente era in subbuglio. Non riuscivo a smettere di pensare a quei sette anni di dolore straziante dopo il suo presunto tradimento. A quel garbuglio di emozioni si era aggiunto il profondo senso di colpa per averlo tagliato fuori dalla mia vita e aver permesso alla mia testardaggine di tenermi lontana dalla verità dei fatti.

"Forse è meglio se ti accompagno in ufficio," mormorò Cade con le labbra ancora sul mio collo.

Ai movimenti della sua bocca sulla mia pelle, mi assalì una vampata di calore. Rimasi immobile, perché non volevo ancora allontanarmi da lui.

I nostri cuori martellavano in sincronia e mi sentii sollevata realizzando che anche a lui la situazione stava facendo lo stesso effetto. Dopo pochi istanti, si allontanò lentamente e si raddrizzò, incrociando subito il mio sguardo. Sollevò una mano e mi scostò dei capelli dalla fronte. "Quindi?"

Accecata dal desiderio, lo guardai, cercando di rimettere in moto il cervello.

"Andiamo?" chiese, riportandomi alla realtà.

"Forse," riuscii finalmente a rispondere.

Un angolo della sua bocca si incurvò. Accidenti, mi ero dimenticata quanto potessero essere devastanti i suoi sorrisetti. Ero riuscita a malapena a contenermi, ma un'altra ondata di desiderio mi travolse.

Quando non si mosse, gli lasciai andare il membro. Non avrei voluto farlo, ma era una situazione davvero troppo assurda. Dovevo almeno fingere di avere un qualche controllo. Anche se avevo soltanto bei ricordi con lui, tranne ovviamente il modo in cui ci eravamo lasciati, non mi sembrava di essere mai stata così fuori di me.

Alla fine, mi fece scivolare una mano sul braccio per intrecciare le dita alle mie. "Andiamo."

Poco dopo, stavo osservando il panorama che mi sfilava accanto, mentre Cade mi accompagnava in paese. Vidi uno stormo di gru canadesi in un campo, con la macchia rossa sulla fronte che contrastava con il verde dell'erba alta. Viaggiammo in silenzio. Stavo per dire a Cade dove si trovava il mio ufficio, ma non ce ne fu bisogno perché entrò nel parcheggio adiacente.

Quando avevo iniziato la mia attività non avevo nemmeno immaginato che mi sarebbe servito un ufficio. Passavo da un progetto all'altro, gestendo tutto da casa. Ma poi l'attività aveva iniziato a espandersi e finalmente avevo l'occasione di adoperare le mie conoscenze in architettura, ma ricevere i clienti a casa non era la soluzione ottimale. Quindi avevo affittato un piccolo ufficio poco distante dalla caserma. Al piano terra dell'edificio c'era una cartoleria, mentre in quelli superiori qualche ufficio.

Cade spense il pick-up e calò il silenzio. In quei pochi minuti il mio cuore aveva appena iniziato a calmarsi, ma nel silenzio assordante aveva ricominciato a martellare violentemente. Quando mi voltai verso Cade stava guardando fuori dal finestrino, imperscrutabile. Come se avesse percepito il mio sguardo, si girò verso di me. Deglutii nervosamente, cercando di placare le farfalle che volteggiavano nel mio stomaco.

"Immagino tu abbia del lavoro da svolgere," disse, spezzando il silenzio.

"Un po'. Ehm, tu quando inizi?"

"La settimana prossima."

Annuii, mentre pensavo a cos'altro dire. Odiavo la

tensione che aleggiava tra di noi. C'era quella positiva, legata ai sette anni di estremo desiderio represso, ma anche quella negativa, asfissiante, legata a tutti i sentimenti irrisolti che ci avevano perseguitati per anni.

Mi distolse dai pensieri parlando di nuovo. "Per caso hai un bagno in ufficio?"

Gli risposi con una risata, "Vieni." Gli feci cenno di seguirmi mentre scendevo dall'auto, per entrare nel palazzo. Lo portai al primo piano, dove c'era il mio ufficio.

"Il bagno è da questa parte," dissi, indicando la porta nel corridoio.

Entrai in ufficio e mi guardai intorno. Nella stanza c'erano un tavolo da disegno, una scrivania e un tavolino con delle sedie sul quale rivedevo i progetti con i clienti. Per mia sorpresa, ci passavo davvero tanto tempo. Lucy veniva quasi ogni mattina e mi fermavo diverse ore la sera per sbrigare pratiche. Mi avvicinai alle finestre per guardare fuori. Il sole era alto nel cielo e sulla strada si era formata una fila dietro un camper piuttosto lento. D'estate, le strade dell'Alaska si riempivano di camper enormi, che inevitabilmente intasavano il traffico.

Sentii il telefono vibrarmi in tasca e risposi senza nemmeno controllare lo schermo.

"Ciao, Amelia." Sentii la voce profonda di Earl dall'altra parte.

Mi si chiuse lo stomaco. Mi ero già scusata con lui quando l'avevo lasciato prima del non-matrimonio, ma il pensiero di riparlarci mi terrorizzava. Mi maledissi per non aver controllato il numero prima di rispondere, almeno mi sarei potuta preparare psicologicamente. Ma soprattutto, Cade sarebbe potuto entrare in qualsiasi momento.

"Ciao, Earl. Come sta andando la battuta di pesca?" chiesi, senza riuscire a nascondere l'irritazione.

Per quanto mi sentissi sollevata per averlo lasciato e per quanto non avessi voluto fargli del male, il fatto che fosse tornato così facilmente alla sua vita di tutti i giorni mi aveva comunque ferita. Certo, il suo atteggiamento era riuscito ad azzerare qualsiasi tipo di ripensamento, ma allo stesso tempo non era bello vedere quanto poco la cosa l'avesse scosso.

"Benissimo. Volevo giusto sapere come stavi," rispose.

Non sembrava minimamente turbato da quanto successo.

"Tutto bene. Ero passata da te appena tornata in paese, ma mi hanno detto che eri partito con Dan."

"Eh già. Siamo andati al fiume Yukon e dopodomani ci torniamo. Quindi ti andrebbe di andare a cena al Wildlands, domani sera?"

La proposta mi prese alla sprovvista, ma effettivamente da Earl c'era da aspettarselo. Almeno una cena gliela dovevo.

Sentii la porta del bagno aprirsi e chiudersi e i passi di Cade in avvicinamento. Continuai a fissare fuori dalla finestra. Non avevo niente da nascondere.

"Certo. A che ora?"

"Ci vediamo al Wildlands alle 19?"

"D'accordo."

Sicuramente si aspettava che dicessi altro, ma indipendentemente da Cade, non avevo proprio nient'altro da aggiungere. Non mi andava di cenare con lui, ma almeno così avrei potuto spiegargli perché l'avevo lasciato in quel modo per poi correre via sotto la pioggia.

Dopo un momento di silenzio, durante il quale

sentii Cade avvicinarsi a me, Earl disse, "D'accordo, allora a domani."

"D'accordo. Buon viaggio."

Chiusi subito la chiamata e guardai Cade.

Dalla sua espressione, capii subito che era arrabbiato.

Rimase in assoluto silenzio per un istante a guardare fuori dalla finestra, poi i suoi occhi saettarono su di me. "Era Earl," disse, un'affermazione più che una domanda.

Capitolo Sedici

CADE

Un impeto di rabbia e gelosia mi travolse quando guardai Amelia. Perché accidenti stava parlando al telefono con Earl?

Con anche solo un briciolo di buonsenso, sarei giunto alla conclusione che il giorno delle nozze aveva lasciato Earl senza dargli molte spiegazioni. Ma di buonsenso non me ne era rimasto nemmeno un po'. E al suo posto, si fece sentire il mio istinto territoriale. Nonostante non fossimo ancora riusciti a superare la voragine di rancore e desiderio che ci separava, nonostante avessi deciso di non frequentare più nessun'altra donna — dato che nella mia testa Amelia era diventata off limits nel momento in cui avevo saputo del suo fidanzamento con Earl, nonostante non sapessi cosa volesse davvero Amelia, dentro di me sapevo che era mia e che lo era sempre stata. Nessun altro uomo poteva averla.

Mi scrutò il viso, con una scintilla ribelle negli occhi. Quello sguardo lo conoscevo bene. Era una donna testarda e si stava già preparando a contestare qualsiasi cosa avrei detto.

Spinto dalla rabbia, dalla gelosia e dal puro desiderio, le afferrai il polso e la tirai con forza verso di me. Facendo scivolare una mano sulle curve rigogliose del suo fondoschiena, le spinsi la mia eccitazione contro il ventre e premetti le labbra sulle sue. Trasalì e mi tuffai nella sua bocca. Il nostro bacio esplose in un groviglio di labbra, denti e lingue. Stringendola forte contro di me, le intrecciai le dita dell'altra mano tra i capelli, mentre le divoravo la bocca.

Con mio immenso piacere, non si trattenne. La sua lingua danzava con la mia mentre si premeva contro di me. Un fuoco mi si risvegliò dentro, mentre il nostro bacio si faceva sempre più intenso e vorace. Sentii a malapena i passi in corridoio che si avvicinavano alla porta aperta dell'ufficio.

"Ehi, Amelia, per caso..."

Chiunque fosse l'intruso, si fermò di colpo e Amelia si staccò repentinamente dal bacio. La guardai, senza riuscire a strapparle gli occhi di dosso. Ansimava, come me, ed era rossa in viso. Aveva le labbra gonfie per il bacio ardente e non poteva fregarmene di meno se qualcuno ci aveva visti.

"Wow, scusate l'interruzione. Ma mi avete proprio rallegrato la giornata."

Io e Amelia ci girammo verso la porta, dove c'era Janet, la proprietaria del Firehouse, con un sorrisetto furbo sulle labbra. Il rossore di Amelia si intensificò e non volevo altro che stringerla di nuovo a me. Provai a reprimere il desiderio e a rallentare il battito frenetico del mio cuore.

"Ehi, Janet, che c'è?" riuscì a chiedere Amelia, con voce roca.

Janet ci guardò, senza mai smettere di sorridere. "Assolutamente niente." Con un occhiolino, si girò e si chiuse la porta alle spalle.

Guardai di nuovo Amelia. Rimanemmo fermi immobili a lungo. Era ancora così vicina che avrei potuto stringerla di nuovo a me. Ma non lo feci. La desideravo ardentemente, ma dovevo riprendere il controllo delle mie emozioni. Mi stavo lasciando trasportare troppo dal desiderio sfrenato e travolgente. Stavo per perdere l'autocontrollo, ancora accecato dalla gelosia. Mi costrinsi a fare un respiro profondo.

Dopo un istante, mi sentii pronto a parlare. "Allora, ehm..."

Cos'è che avrei voluto dirle? Non lo sapevo nemmeno io.

Mi aveva completamente in pugno e la cosa mi faceva infuriare con me stesso. Feci un passo indietro e mi infilai le mani in tasca. "Beh, dato che ho da fare, ti lascio lavorare."

Feci per girarmi, quando la sua voce mi fermò.
"Cade."
La guardai, inarcando un sopracciglio.
"È stato Earl a chiamarmi," affermò.
Annuii e tenni a freno la lingua. Mi stavo rendendo assolutamente ridicolo e la cosa non mi piaceva affatto.
"Non significa nulla," aggiunse.
Realizzai che stava aspettando una mia risposta.
"Non ho nessun diritto di arrabbiarmi, quindi non sentirti in dovere di giustificarti." Feci una pausa, ripensando al fatidico giorno in cui Amelia mi aveva visto con Shannon. In quel momento capii cos'aveva dovuto provare lei allora. Mi sentivo a pezzi per una misera telefonata con l'uomo che lei stessa aveva lasciato.

Mi stava ancora guardando. Volevo soltanto andare ad abbracciarla e dimenticare il garbuglio di emozioni che ancora non eravamo riusciti a sbrogliare. Finalmente ci si era presentata l'occasione, ma avrebbe richiesto tempo.

"Adesso so come ti sei sentita quando hai visto Shannon sul letto insieme a me."

Spalancò gli occhi, inspirando profondamente. L'aria si fece pesante e sentii una stretta dolorosa al cuore.

"Forse," disse con un filo di voce.

Dei passi rimbombarono di nuovo in corridoio. Mi schiarii le idee e tornai da lei. Le stampai un bacio fugace sulle labbra, costringendomi a lasciarla subito andare. "Questo sabato esco con i ragazzi al Wildlands. Ti va di raggiungermi lì più tardi?"

Forse fare qualcosa di così normale avrebbe potuto aiutarci. Vidi un lampo nei suoi occhi e poi scosse lentamente la testa. "Ho appena accettato di andare a cena con Earl. Non è un appuntamento. Però gli devo una spiegazione per averlo lasciato in quel modo."

Le sue parole risuonarono come rumore bianco nelle mie orecchie, perché non riuscii a sentire altro che un'incontrollabile gelosia. Cazzo, non potevo farcela. Così mi girai e uscii dall'ufficio.

Capitolo Diciassette

AMELIA

Iniziai a corrergli dietro, ma mi fermai di colpo quando vidi la madre di Cade sulla soglia. Realizzai che i passi che avevamo sentito erano i suoi. Georgia Masters guardò prima lui e poi me. Non disse assolutamente nulla, ma puntò di nuovo lo sguardo su Cade, che continuava a camminare a testa bassa.

Lottai contro le lacrime che mi bruciavano gli occhi. Georgia mi guardò mentre i passi di Cade risuonavano sulle scale. Mi trattenni dal fiondarmi fuori dalla stanza e ripresi fiato.

La porta d'ingresso venne sbattuta con così tanta forza che il rumore riecheggiò fino al piano di sopra. Georgia aveva l'aria confusa. Quella donna era sempre stata come una seconda madre per me, ancora prima della mia relazione con Cade. Dato che era molto amica di mia madre, da piccola l'avevo vista spesso, soprattutto perché qualche volta badava a me e mio fratello. Quando Cade si era trasferito in California, quindi dopo la nostra brutta rottura, era stato difficile parlarle.

Dopo qualche tentativo di approccio Georgia

aveva smesso di parlarmi di lui, lasciandomi bollire nel mio brodo. Per l'ennesima volta durante quella settimana mi maledissi per essere stata così testarda per tutti quegli anni. Rifiutandomi categoricamente di parlare di Cade non ero riuscita a scoprire prima la verità sul tradimento di Shannon.

Georgia si girò verso il mio ufficio e si avviò verso il tavolo, quindi la seguii. Più che altro perché non sapevo cos'altro fare. Georgia si sedette al tavolino rotondo. "Siediti, tesoro," disse con decisione.

Mi sedetti davanti a lei, appoggiando i gomiti sul tavolo e affondandomi le mani tra i capelli.

"Allora, adesso posso parlare di Cade?" chiese Georgia in tono pungente.

Incrociai i suoi severi occhi verdi e annuii.

Fece una pausa prima di continuare. "Tu lo ami e lui ama te. Avete rovinato tutto perché siete troppo cocciuti."

Mandai giù il groppo in gola che rischiava di soffocarmi. "Tu lo sapevi che tra lui e Shannon non c'era mai stato niente?"

Georgia annuì lentamente. "All'inizio ne ero sicura perché sapevo che mio figlio non avrebbe mai fatto una cosa simile. E poi ne ho avuto la conferma quando i pettegolezzi si sono placati. Però ho deciso di non parlartene. Ormai lui era lontano, in California. E tu, tesoro mio, non volevi sentire ragioni. Lui aveva voltato pagina e a quanto pare anche tu. Fidati, sarei tanto voluta intervenire, ma non mi sembrava onesto nei vostri confronti."

Mi lasciai andare la testa e feci scorrere un dito sul bordo del tavolo. Quanto avrei voluto che fosse intervenuta, ma ormai era troppo tardi per tornare indietro.

"Non so più cosa fare. Ho passato così tanti anni a odiare una menzogna. Sono ancora incazzata nera con

Shannon, ma adesso anche con me stessa." Feci una pausa per riprendere fiato. In preda a un vortice di emozioni, mi venne il capogiro. "Si, ehm... si è arrabbiato perché ho accettato di uscire a cena con Earl. Penso di dovergli delle spiegazioni più dettagliate di quelle che gli ho dato quando l'ho lasciato."

Georgia tamburellò le dita sul tavolo e sospirò. "Ma certo. Secondo me, finalmente hai fatto la scelta giusta per te stessa e, francamente, anche per Earl. Ma se vuole qualche minuto del tuo tempo, non dovresti negarglielo. Anche se non riusciva ad apprezzarti come meriti — o perlomeno, io la vedevo così — non è una cattiva persona. È solo..." Strinse le labbra, come se stesse pensando al termine più adeguato per descriverlo. "È proprio un maschio. Molto semplice e banale, però non è stupido. Tu invece sei, beh, mettiamola così. Molti uomini si sentono intimiditi da te perché sei forte, indipendente e bellissima. Voleva stare con te soltanto per dimostrare di non essere un codardo, ma tutto lì. Vedrai che Cade si calmerà presto. Diceva di averti dimenticata, ma non faceva altro che mentire a se stesso. E ne sono sicura. Prendila come una cosa positiva. Quell'uomo ti ama profondamente. Non è mai stato uno da mezze misure. Dagli un po' di tempo."

Annuii, nonostante il mio cuore frantumato in mille pezzi. Con un dito, seguii il contorno di una cartella sul tavolino, provando a distrarmi. Quando trovai la forza di sollevare lo sguardo, scoppiai a piangere. Odiavo sentirmi vulnerabile, così tanto che avevo eretto un altissimo muro tra me e Cade per tenerlo fuori dalla mia vita, ma mi ero soltanto tirata la zappa sui piedi. L'espressione amorevole sul volto di Georgia non fece che riportare a galla quell'immenso dolore.

Georgia mi strinse la mano. "È normale sentirsi

così. A volte l'amore è complicato. Un tempo eravate così spensierati e sembrava tutto così semplice, ma quando vi siete trovati di fronte a un ostacolo, non eravate pronti a superarlo e avete scelto di evitarlo. Sono passati molti anni e non avete fatto altro che tenervi tutto dentro. Col tempo si sistemerà tutto, ok?"

Feci un respiro profondo, sentendomi tranquillizzata dalle dolci parole di Georgia. Nonostante tutti i problemi e le questioni irrisolte tra me e Cade, sapevo che saremmo riusciti a superare qualsiasi avversità.

———

La sera seguente, mi ritrovai a tavola seduta di fronte a Earl. Ce la stavo mettendo tutta per essere educata, ma mi stava facendo incazzare. Non era altro che un idiota arrogante e mi chiesi come avessi fatto a non rendermene conto prima. Ma decisi di mordermi la lingua. Probabilmente era stata l'offesa al suo onore a spingerlo a comportarsi da cretino, quindi decisi di tenere duro almeno per quell'ultima cena che gli avevo concesso.

Nonostante tutto, infastidita com'ero, iniziai a punzecchiarlo.

"Quindi sei andato a pesca, eh?" domandai.

Non lo amavo, ma la sua totale indifferenza dopo la mia fuga bruciò come sale su una ferita aperta. Una ferita che niente aveva a che fare con lui, ma la nostra relazione disastrosa aveva riportato alla luce tutte le mie insicurezze. Soltanto Cade era riuscito a farmi sentire importante. Per Earl, invece, ero così insignificante che non aveva neanche battuto ciglio quando l'avevo lasciato all'altare.

Earl mi guardò e si strinse nelle spalle. L'angolo

della sua bocca si incurvò, come se trovasse la situazione divertente.

"Amelia, mi avevi lasciato. Che cavolo avrei dovuto fare? Adesso che ti sei data una bella calmata, parliamoci chiaro. Non so cosa sia successo, ma tra noi andava tutto a gonfie vele. Quindi discutiamone e torniamo al punto in cui ci eravamo lasciati. Secondo me hai dato di matto perché..."

Sentii ribollirmi il sangue nelle vene per la rabbia. Le voci intorno a me sembrarono sfumare. Scossi la testa. Earl mi prese la mano, ma mi liberai subito dalla sua presa.

"Earl, tra noi non ci sarà più niente. Dicevo seriamente l'altro giorno. Non avrei mai dovuto pronunciare quel sì."

Mi fissò con uno sguardo indecifrabile in quei suoi occhi inespressivi. Lucy aveva ragione: Earl era un uomo estremamente orgoglioso.

Capitolo Diciotto

CADE

Parcheggiai davanti al Wildlands, un resort sulla Willow Brook Street che offriva escursioni e battute di pesca, a due passi dal lago di Swan. Willow Brook prendeva il suo nome da un ruscello che nasceva tra le montagne in lontananza. Costeggiava l'omonima strada per poi serpeggiare verso il lago di Swan. Un tempo, il Wildlands era stato soltanto un bar con ristorante. Negli anni Ottanta, quando la città si era sentita esclusa dal boom del petrolio, i proprietari avevano deciso di concentrarsi sulle ondate di immigrati nello stato e i turisti che erano seguiti. Con gli anni, il Wildlands era diventato un resort che attirava turisti disposti a pagare montagne di soldi per pescare ed esplorare la natura incontaminata.

La struttura principale, in stile moderno, era rivestita di legno di cedro, con due meravigliosi comignoli in pietra alle estremità. Sul retro c'era l'albergo, con delle banchine adiacenti al lago di Swan. Quando entrai, provai un forte senso di familiarità. Quante notti passate lì insieme ai miei amici e Amelia. Il ristorante era pieno di turisti e gente del posto. Mi guardai intorno e mi feci strada verso il bar. Anche gli interni erano molto moderni, con tavoli in legno laccato e alle pareti fotografie dei paesaggi dell'Alaska e di pesca.

Trovai Beck in un angolo in compagnia di altri pompieri e andai a sedermi al posto che mi avevano riservato.

"Ehi! Quanta gente che c'è," dissi.

Beck sfoderò un sorriso. "Ormai d'estate è sempre così. Da quando hanno ampliato l'albergo, c'è sempre una marea di gente."

"E quando l'hanno fatto?" chiesi.

"Due estati fa. Hanno aggiunto un altro centinaio di stanze. È il delirio. Comunque, lascia che ti presenti. Ragazzi, lui è Cade, il nuovo caposquadra." Indicò un ragazzo biondo con occhi azzurri. "Levi Phillips è nella tua squadra." Levi mi rivolse un cenno del capo. "Poi abbiamo Thad Mason e Jesse Franklin. Anche loro con te. Forse ricordi Thad, ma Jesse viene da Fairbanks."

Li salutai e guardai Thad. "Eri qualche anno dietro di me alle superiori, vero?"

Thad annuì e fece roteare la bottiglia di birra sul tavolo. "Esatto, quindi mi ignoravate allegramente," disse con una risata. Era moro, con occhi marroni.

Beck gli diede un colpo sulla spalla. "Bello, mica volevamo ignorarti. È che a quei tempi pensavamo solo alle ragazze, sai com'è."

Guardai Levi. "È un piacere, Levi. Da quanto tempo fai parte della squadra?"

Levi appoggiò la schiena alla sedia. "Da un annetto. Ho fatto la formazione in Arizona, ma sono di Juneau. Quando si è liberato un posto qui, mi ci sono fiondato."

La conversazione proseguì con naturalezza. Io chiesi informazioni sulle nuove attrezzature in caserma e Beck ci raccontò i suoi drammi sentimentali. A detta sua, aveva per sbaglio frequentato contemporaneamente due ragazze che non sapeva fossero amiche. Alla seconda birra, scorsi i capelli di Amelia, illuminati d'oro dai lampadari. Riuscivo a percepire la sua presenza anche dall'altra parte della stanza. Allungai la testa per guardare meglio, ma me ne pentii subito. Davanti a lei c'era Earl Osborne.

Vidi rosso e feci del mio meglio per soffocare l'irrazionale gelosia che mi stava accecando. Mi costrinsi a distogliere lo sguardo e incrociai gli occhi fin troppo svegli di Beck. Inarcò un sopracciglio, con un sorrisetto d'intesa sul volto. Scossi la testa e smise di sorridere. Per quanto si divertisse a sfottere, non era uno stronzo.

Una cameriera passò accanto al nostro tavolo, ma nonostante volessi un'altra birra per affogare la gelosia che mi stava dilaniando ne feci a meno. Non potevo alimentare la mia rabbia con l'alcol, altrimenti avrei sicuramente fatto qualcosa di stupido.

I rumori del bar mi circondavano. Per quanto difficile, provai a mantenere la calma. Decisi di andarmene, quindi li salutai e mi alzai, lasciando la mia parte del conto sul tavolo. Iniziai a dirigermi verso l'uscita, quando il mio sguardo cadde su Amelia ed Earl. Persi il controllo delle mie emozioni quando vidi Earl prenderle la mano.

Accecato dalla rabbia, mi feci strada verso il loro tavolo. Amelia incrociò il mio sguardo. "Andiamo," le dissi.

Earl mi guardò, infastidito. "Non sono affari tuoi, Cade. So che tu e Amelia avete dei trascorsi, ma..."

Earl fece lo sbaglio di prenderle di nuovo la mano. Amelia la allontanò e lo fulminò con lo sguardo. "Te l'ho già detto, Earl. Tra noi è finita. Punto."

"Amelia, non puoi..."

Afferrai Earl per la camicia, sollevandolo dalla sedia. E non fu un'impresa facile, dato che era alto più o meno quanto me e parecchio forte. Ma ero furioso. Il modo in cui la stava trattando mi fece perdere la testa. "Ascoltala, cazzo. Non puoi più *costringerla* a parlarti."

Earl sbarrò gli occhi. In quel momento probabilmente realizzò che tra me e Amelia c'era ancora qualcosa. "Oh, pensi davvero di poter tornare qui e riprendertela come se nulla fosse? Ma non diciamo stronzate. Stavamo per sposarci. Sei stato tu quello che le ha messo le corna."

Portai indietro il braccio e lo colpii dritto in faccia. La furia mi fece pulsare la testa, ovattando i rumori intorno. Earl barcollò all'indietro. "Ma che cazzo fai?!"

Prima che potesse rispondere al colpo, Amelia si mise tra di noi, spingendolo via. Beck arrivò ad allontanarmi. "Smettila, bello. Non ha senso," mormorò sottovoce dietro di me.

Ritrovai un minimo di lucidità e vidi Amelia che parlava con Earl. Non riuscivo a sentirli, ma non c'erano dubbi che fosse incazzata. Nella confusione, Beck mi portò via, così come Earl fu allontanato da Dan, suo fratello. Mi appoggiai alla parete del corridoio che portava ai bagni, con Beck davanti.

"Spero che Earl non decida di fare lo stronzo e ti denunci," disse Beck scuotendo lentamente la testa. "Non sarebbe male se ci pensasse tuo padre a risolvere la questione."

Mio padre era il capo della polizia di Willow Brook. Sapevo che non avrebbe impedito a Earl di denunciarmi. Volevo molto bene a mio padre, ma non mi avrebbe mai riservato un trattamento speciale.

Chiusi gli occhi e mi passai una mano tra i capelli. "Cazzo, ho agito senza pensare."

Beck rise. "Già."

Fece una lunga pausa e aprii gli occhi.

"Quindi non sarebbe la tua ragazza, eh?" disse con un sorrisino.

Appoggiai la testa al muro e mi strinsi nelle spalle.

Sentii dei passi in corridoio. Girai la testa e vidi Amelia che si avvicinava. Mi scoppiò il cuore e mi sentii travolto da un desiderio sfrenato.

Con le sue lunghe gambe, arrivò da noi in pochi secondi. I suoi capelli ambrati le ricadevano in onde morbide sulle spalle e le brillavano gli occhi. Aveva il viso rosso e l'aria, beh, infuriata. L'eco degli stivali da cowboy che portava si bloccò quando si fermò davanti a noi. Portava dei jeans che le abbracciavano le gambe, quelle gambe che tanto avrei voluto vedere avvolte attorno alla mia vita. Sui jeans, portava una camicetta in seta azzurra sbottonata sopra una canotta aderente. Posai lo sguardo sulle curve seducenti del suo seno e non volevo altro che metterlo a nudo e dimenticare tutto il resto.

Non mi importava di aver appena picchiato in un ristorante il suo ex fidanzato. Riuscivo a pensare soltanto a quanto la desiderassi. Lo sguardo di Beck tornò su di me.

"Beh?" chiese con calma Beck.

Amelia lo guardò. "Cosa?"

"È ovvio, dai. Cos'ha intenzione di fare Earl?"

"Se vuoi sapere se sporgerà denuncia, la risposta è no. È incazzato, ma non è così stronzo. Gli ho detto che mi stava facendo troppe pressioni e di lasciarmi in pace."

Beck annuì e si spinse via dalla parete. Poi mi

guardò. "Allora io qui ho finito. Vedi di non cacciarti in altri guai, ok?"

Annuii, mandando giù il groppo di frustrazione incastrato in gola. Beck se ne andò, lasciandoci soli. Amelia mi guardò con occhi ancora accesi di rabbia.

Rimanemmo lì così, a meno di mezzo metro di distanza. L'aria si caricò di elettricità. Riuscivo a pensare soltanto a una cosa, dimenticandomi quei sette anni di lontananza; Amelia era lì davanti a me e la desideravo come mai avevo desiderato altro in vita mia. Le donne che avevo incontrato in quei lunghi anni non avevano significato nulla. Ero sicuro che non sarei mai più riuscito a trovare un amore come quello che avevamo condiviso io e Amelia. Però avevo sotto-valutato il potere che avrebbero avuto sette anni di sentimenti complicati sul desiderio sfrenato che provavo per lei. Lussuria allo stato puro.

I suoi pensieri erano un'incognita, ma non ciò che provavo per lei. Le presi la mano e la tirai a me. Non oppose resistenza e incrociò il mio sguardo. Una vena le pulsava nel collo e faceva fatica a respirare, mentre il mio cuore batteva così forte da far male.

"Non mi dici che non dovremmo farlo?" domandai, con voce roca.

Sapevo che sentiva benissimo la mia possente erezione premuta contro la sua intimità. Impossibile non notarla. Avevo sempre amato il modo in cui i nostri corpi combaciavano perfettamente. Grazie alla sua altezza, le sue curve erano sempre dove volevo io.

Scosse lievemente la testa. Non mi serviva altro. Le infilai una mano tra i capelli e posai la bocca sulla sua. Il bacio divenne subito travolgente, le nostre lingue intrecciate in un duello selvaggio. Riuscivo a percepire soltanto il suo corpo contro il mio, mentre incanalavo rabbia, gelosia e troppi anni di sofferenza in quel bacio. Quasi non sentii neanche quei passi in avvicinamento, ma Amelia si staccò da me e appoggiò la testa alla parete dietro le sue spalle.

Non mi ero nemmeno reso conto di averla spinta contro il muro. Aveva un piede avvinghiato al mio polpaccio, mentre spingevo il bacino contro il suo. Riuscivo a sentire il calore della sua eccitazione attraverso i nostri jeans. I suoi occhi ardenti di desiderio incrociarono i miei. Deglutì. "Non possiamo lasciarci andare così qui," sussurrò.

Capitolo Diciannove

AMELIA

Rimasi lì, immobile, con l'erezione di Cade premuta tra le gambe, e mi sentii travolta da forti ondate di piacere. Mi mancava il fiato e desideravo con tutta me stessa che quel momento non finisse mai. Non mi preoccupai nemmeno dei passi che si avvicinavano, mentre ero tutta avvinghiata a Cade.

I suoi intensi occhi verdi scrutarono i miei e mi lasciò andare lentamente i capelli, sfiorandomi il collo mentre ritraeva la mano. "Invece sì che possiamo," rispose, con voce roca che mi fece venire la pelle d'oca. "Ma per quanto mi piacerebbe lasciarmi andare adesso, cerchiamo di trattenerci ancora un po'. Andiamo."

Si staccò da me e sentii subito la mancanza del suo calore, del suo corpo muscoloso premuto contro il mio, della sua bocca sulla mia, che mi baciava come se ne dipendesse il destino del mondo. Mi prese per mano e mi trascinò verso il ristorante. Per fortuna, non riconobbi l'uomo che stava attraversando il corridoio e che, per mio sollievo, entrò in bagno. Puntai i piedi a terra, costringendo Cade a girarsi.

"Usciamo dal retro," dissi, indicando alle mie

spalle. "Appena girato l'angolo c'è una porta. Dopo la scenata di prima preferirei non farmi vedere."

La sua bocca si curvò in uno dei suoi sorrisini devastanti, pericolosi. "Hai ragione."

Provai una violenta vampata di calore quando si girò e cambiò direzione. *Cosa sto facendo?* Ripensai a Earl, al fatto che quella cena avrebbe dovuto essere l'occasione perfetta per spigargli perché l'avevo lasciato — con più calma rispetto a quel giorno in cui ero fuggita da lui sotto la pioggia. Ma avevo sottovalutato il suo orgoglio. Sapevo benissimo che i suoi sentimenti per me non erano certo cambiati e che con lui non avrei mai potuto provare quel desiderio travolgente, sfrenato e mescolato a una profonda intimità che c'era tra me e Cade. Earl non era un uomo dalle emozioni forti. Era una persona socievole e alla mano. Non gli avevo mai augurato alcun male, ma a quanto pare ancora non aveva capito che non ero più sua.

Non mi ero neanche resa conto dell'arrivo di Cade quando l'avevo visto sollevarlo dalla sedia. Avrei voluto poter dire di essere immune a quell'atteggiamento da maschio alfa, ma non lo ero affatto. O almeno, non quando si trattava di Cade. Voltò l'angolo alla fine del corridoio e diede una spallata alla porta, tenendomi saldamente la mano mentre attraversava a passo svelto il parcheggio. Si fermò all'improvviso per voltarsi verso di me e gli finii contro.

Non perse neanche un secondo. Con uno dei suoi sorrisini devastanti sulle labbra, fece scivolare una mano sul mio fondoschiena. Per poco non mi si fermò il cuore quando sentii il calore del suo membro contro di me. "Sei venuta in macchina?" chiese, sussurrando sulle mie labbra.

Scossi la testa. "No. Sono venuta a piedi dall'ufficio."

Rimase immobile per un momento, poi si voltò di nuovo. Mi aspettavo un bacio e tutto quel suo stuzzicarmi non fece altro che alimentare il fuoco che bruciava dentro di me. In un attimo, salimmo sulla sua auto. Con una mano stretta attorno alla mia coscia, uscì dal parcheggio.

"Dove stai andando?" gli chiesi, mentre iniziava ad accarezzarmi tra le cosce che, di riflesso, si aprirono per lui.

Trattenni un gemito quando poggiò la mano sull'inguine. Nonostante i jeans, la leggera pressione sul clitoride mi fece quasi impazzire. Con lui bastava sempre così poco. Quando mi abbandonavo alle emozioni, perdere il controllo diventava fin troppo semplice. Con Cade non era mai stato solo sesso. Eppure, la chimica tra noi era pazzesca, innegabile. La nostra intimità alimentava il desiderio che ardeva sempre più forte.

"A casa tua," rispose Cade facendo scivolare il pollice sul clitoride.

Non provai nemmeno a trattenere il gemito che mi salì in gola, spingendo il bacino contro il suo tocco. "Sai dove..."

Si fermò bruscamente a uno stop e si girò a guardarmi. Mi sentii marchiata dai suoi occhi incandescenti. Dopo un momento, annuì. "Anche quando non volevo pensare a te, non potevo farne a meno. Vivi ancora in quella proprietà che volevamo comprare insieme?"

Mi ero dimenticata quella sensazione. La sensazione che si prova quando qualcuno ti legge nel pensiero. Mi si strinse il cuore, che iniziò a martellare violentemente. Annuii, lottando contro l'emozione che rischiava di soffocarmi. Precedentemente a quella fatidica mattina di sette anni prima, avevamo in mente di acquistare un pezzo di terra dove costruire una casa per quando sarebbe tornato dalla California. Dopo la sua partenza, mi ero aggrappata con forza alla rabbia per proteggermi da dolore e sofferenza. D'impulso, avevo deciso di comprare la proprietà che avevamo scelto per non permettergli di portarmi via un qualcosa che amavo così tanto. Lì avevo poi costruito la mia casa, determinata a non farmi fermare da un cuore spezzato. Per quanto la adorassi, avevo sempre avuto come un fastidioso sassolino nella scarpa al ricordo dei nostri progetti per il futuro.

Annuii e Cade proseguì verso casa mia. In pochi minuti — dopo aver continuato a stuzzicarmi tanto da spingermi quasi al limite — imboccò la strada che portava alla mia proprietà. Nonostante fossero quasi le ventitré, fuori c'era ancora luce. Le serate estive in Alaska erano come un lungo lento col crepuscolo. Il buio sarebbe arrivato presto, ma non troppo.

Rallentò e mi guardò. "Devi dirmi dove girare," affermò, con voce profonda, inquieta, con una traccia di incertezza.

Mi resi conto subito che anche lui era impaziente quanto me. Anni prima, questa zona era vuota, senza vialetto, senza alcun cartello. Realizzare che non era mai stato a casa mia era come una pugnalata al cuore — un dolore intenso proprio nel punto più delicato del mio essere. Ci eravamo persi tantissimo, e tutto per colpa di un imbroglio ben macchinato. Lo guardai negli occhi e indicai una stradina poco più avanti.

Cade entrò nel vialetto e rallentò, guardandosi intorno. La casa era immersa tra gli alberi, un misto di abeti del Colorado con gruppetti di pioppi e betulle sparsi qua e là. Col tempo avevano costruito anche altre case nella zona, ma da lì non erano visibili. Gli alberi si aprivano su un prato con un laghetto su un lato. Il vialetto terminava con una piccola rotonda dove Cade parcheggiò, ritraendo lentamente la mano. Anche se ero così eccitata da non capirci quasi più nulla, riuscivo a percepire l'intensità delle sue emozioni.

Uscimmo dall'auto e andai al suo fianco. Nella luce crepuscolare, il laghetto aveva un non so che di magico, con la luna che spuntava da dietro gli alberi e proiettava il suo bagliore argenteo su ogni cosa. Cade si girò a guardare la casa.

"L'hai costruita tu?" domandò.

Senza dire nulla, annuii. Non sapevo come gestire il turbinio di emozioni che si stava scatenando in me. Non pensavo che quel momento mi avrebbe commossa a tal punto. Averlo lì con me, in quel posto che un tempo avremmo tanto voluto chiamare nostro, era un'emozione unica, travolgente.

Seguii il suo sguardo. Questa casa era stata il primo progetto che avessi mai portato a termine da sola. Era una villetta immersa nella natura. Entrambi i piani avevano una terrazza frontale ricurva, quella al piano superiore leggermente più piccola dell'altra.

Cade rimase in silenzio e iniziai a sentirmi attanagliata dall'ansia. Mi prese per mano e mi trascinò con sé sulle scale. La porta non era chiusa a chiave perché non ce n'era bisogno. Entrati in casa, si richiuse alle nostre spalle. All'interno c'era un unico locale con soggiorno e cucina, con un bagno e la lavanderia sul retro. Il soppalco portava alla camera da letto e un altro bagno.

Cade si guardò intorno, mentre il mio cuore batteva frenetico. Ansiosa, feci per lasciarlo andare, ma lui mi strinse con più forza.

"No."

Quella parola riecheggiò nel silenzio, la sua voce

roca che mi provocò un brivido lungo la schiena. Lo guardai, perdendomi subito nel suo sguardo. Mi tirò a sé. Il mio corpo ricordava il suo in ogni dettaglio, come se non fossero davvero passati anni da quando dormivamo insieme ogni notte. Oh, cielo. Che sensazione meravigliosa. Era così muscoloso, così forte, così perfetto perché era Cade, l'unico uomo con cui fossi mai riuscita a lasciarmi andare.

"Mi piace," sussurrò.

Notando la confusione sul mio viso, sorrise. "Intendevo la casa," aggiunse.

Deglutii nervosamente, annuendo. Non riuscivo a parlare. Non col cuore che martellava all'impazzata, il calore che mi pervadeva tutta e il desiderio così intenso da annebbiarmi la mente.

Sollevò la mano, intrecciando le dita ai miei capelli. "Mi ha fatto davvero incazzare vederti con Earl."

"Non ero *con* lui, dovevo soltanto parlargli."

Lo sentii stringersi nelle spalle, mentre la sua risata riverberava nel mio corpo.

"In quel momento non mi importava."

Le sue parole mi colpirono dritte al cuore. La gelosia che nascondevano mi fecero arrossire. Avevo dimenticato quella sensazione.

"Con lui non ho mai provato ciò che mi facevi provare tu. Nessun altro ci è più riuscito."

Mi guardò intensamente mentre mi avvolgeva la nuca con la mano, accarezzandomi il collo in modo seducente.

"Mi fa piacere. Perché per me ci sei sempre stata soltanto tu."

Rimanemmo una appicccicata all'altro in mezzo alla stanza, inondati dal chiaro di luna che filtrava dalle finestre. L'ardente desiderio che bruciava dentro di me mi tolse quasi il respiro. La voce di Cade mi fece sussultare. Mi ero lasciata andare completamente al desiderio ardente che pulsava tra noi.

"Non penso che riuscirò a trattenermi," disse.

Un brivido ardente mi percorse dalla testa ai piedi. Riuscivo a sentire la mia eccitazione tra le gambe, sapendo di essere tutta bagnata per lui. "Per me non c'è alcun problema," riuscii infine a dire, con voce roca.

Il suo sguardo si fece ancora più intenso. In un attimo, posò la bocca sulla mia e si aggrappò ai miei vestiti. Eravamo entrambi accecati dal desiderio, spinti da un'urgenza fisica che non poteva aspettare oltre. Ci spogliammo freneticamente e ci avvicinammo al divano.

Riuscii ad accendere la luce quando Cade si fermò a togliersi le scarpe, dopo essere quasi inciampato perché gli avevo tirato giù i jeans. Mi buttai sul divano, rimasta soltanto con le mutandine in seta azzurre, l'unico capo d'abbigliamento che mostrasse la mia femminilità. Lanciò via l'altro stivale e si sfilò i jeans. Alzai lo sguardo su di lui e mi si seccò la gola. Oh. Mio. Dio.

Sapevo benissimo com'era fatto. Era addirittura passato poco tempo dall'ultima volta in cui avevo potuto toccarlo. Ma erano passati sette lunghi anni da quando l'avevo visto completamente nudo. Non era più un ragazzino attraente, ma un uomo robusto, muscoloso e pericolosamente sexy. Certo, faceva un lavoro molto impegnativo che richiedeva un certo fisico, ma porca miseria. Ogni muscolo del suo corpo era perfettamente scolpito. Aveva una spolverata scura di peli sul petto, la sua pelle risplendeva nella luce soffusa.

Mi rivolse un'occhiata intensa e decisa. La pelle mi bruciava dove posava gli occhi così ardenti. Fece scivolare un dito sulla seta tra le mie gambe. "Cazzo, quanto sei bagnata."

Non riuscivo a parlare, ma i miei fianchi si spinsero sul suo tocco. Lanciai un gridolino quando spostò la mano. Ma in un secondo, infilò un dito nell'orlo delle mutandine per sfilarle rapidamente e lanciarle via. Si chinò a raccogliere i jeans. Confusa, scossi la testa quando capii che stava prendendo un preservativo dal portafoglio.

"Prendo la pillola e ho sempre usato il preservativo, dopo di te..." Feci una pausa, strozzata dall'emozione. Avevo perso la verginità con Cade, che mi aveva anche accompagnata dalla ginecologa per iniziare a prendere la pillola. Dopo di lui, avevo sempre sentito la necessità di usare le protezioni. Perfino con Earl, l'uomo che stavo per sposare.

Cade rimase in silenzio, la mano con il preservativo ferma a mezz'aria, ed entrai nel panico. "A meno che tu, beh... non voglia..."

Non so cosa vide nei miei occhi, ma bastò a smuoverlo. Lanciò il preservativo a terra e si mise sopra di me. Mi resi conto della lacrima che mi stava scivolando sul viso soltanto quando me l'asciugò. Era così bello sentirlo contro di me, avvolta dal suo peso e dalla sua forza. Con il suo pene appoggiato sulla mia fessura mi sentii travolgere dal desiderio, ma provai a mantenere la calma.

Mi coprì il viso di baci. "Santo cielo, Lia. Non guardarmi così. Mi fai morire," mormorò.

"Beh, non sapevo cosa stessi pensando," riuscii a rispondere, ansimando quando iniziò a far scivolare il pene sul clitoride.

"Erano anni che non facevo sesso senza preservativo, quindi la cosa mi ha giusto sorpreso. Non pensare neanche per un istante che non lo voglia tanto quanto te," disse, continuando a muovere il bacino contro il mio.

Un fremito mi percorse e provai a tenere a freno il desiderio sfrenato che mi dilaniava, senza però riuscirci. Non volevo più parlare. "Cade, ti prego..." Le mie parole si persero al vento non appena si ritrasse e affondò dentro di me.

Intrecciò le dita alle mie e mi portò le braccia sopra la testa. I suoi occhi erano due bracieri ardenti. Mi sentivo bruciare, ma non riuscivo a distogliere lo sguardo. Rimase fermo per un istante e sospirai sentendo la vagina allargarsi per accoglierlo meglio. Sentirlo dentro di me era una sensazione meravigliosa. I nostri cuori battevano all'unisono, la sua pelle calda e umida premeva sulla mia. Dopo un momento, iniziò a muoversi dentro di me e il mio sesso si strinse intorno a lui, mentre mi penetrava ancora e ancora, sempre più in profondità, sempre con più forza. Gli avvolsi le gambe attorno alla vita, inarcando i fianchi per poter assecondare ogni suo colpo. Mi strinse con più forza le mani, posò un bacio sul mio collo e mi guardò ardentemente mentre mi portava sull'orlo dell'apice.

Un piacere intenso mi travolse e mi sentii esplodere. L'unica cosa che riuscì ad ancorarmi a terra fu la sensazione del suo corpo contro il mio. Lasciandosi sfuggire un grugnito, urlò il mio nome e si irrigidì, per poi lasciarsi cadere sopra di me.

Capitolo Venti

CADE

Aprii gli occhi, momentaneamente disorientato. Non ero abituato a svegliarmi con curve morbide contro il mio corpo. Ancora intorpidito dal sonno, ricordai che al mio fianco c'era Amelia. La tensione svanì subito. Ero supino, con una sua gamba poggiata sulle mie e il piede incastrato tra i polpacci. La sensazione di familiarità mi fece stringere il cuore. Mi tirai leggermente su e la guardai. I suoi capelli ambrati tutti arruffati le ricadevano sul viso e le spalle. Un vortice di emozioni si scontrò con il desiderio che mi ardeva nelle vene.

Tra me e Amelia c'era sempre stata una chimica incredibile. Eppure, quei sette anni di lontananza, dolore, rimorso e rabbia non avevano fatto altro che alimentare il fuoco che ardeva tra di noi. Le passai le dita tra i capelli, sbrogliandole le ciocche setose. Si spostò leggermente e sentirla sul mio corpo fece convergere tutto il sangue nella mia erezione. Volevo godermi quel momento — il semplice atto di svegliarmi accanto all'unica donna che avessi mai amato, dopo aver passato anni a pensare che non mi si sarebbe più presentata l'occasione. Eppure, il mio corpo non voleva assolutamente prendere le cose con calma. L'eccitazione si trasformò presto in ardente desiderio e feci fatica a mantenere il controllo.

La notte prima, dopo aver fatto l'amore eravamo saliti a fare la doccia insieme. Anche se avevo appena raggiunto l'orgasmo dentro di lei, la visione dell'acqua che le scivolava addosso mi aveva eccitato di nuovo. Dopo averle palpato il sedere, le infilai una mano tra le gambe, trovandola calda e pronta ad accogliermi, quindi non avevo perso neanche un secondo.

Dopodiché, ci eravamo addentrati nell'oscurità per spostarci in camera da letto. Feci un respiro profondo e girai la testa verso le finestre. Sapientemente, aveva rivolto la casa in modo tale che le finestre anteriori si aprissero sul prato con il laghetto. Con la luce del mattino, una nebbiolina si alzava dall'acqua. Uno stormo di gru canadesi spuntava tra l'erba sul bordo del prato. Conoscendo Amelia, probabilmente passava le giornate estive a disseminare chicchi di mais per attirarle. Le gru canadesi migravano in Alaska ogni estate e solitamente tornavano nella stessa zona ogni anno. A causa della macchia rossa sulla testa, risultano visibili tra l'erba. Probabilmente quello stormo aveva frequentato la zona da anni, eppure lei era riuscita a non spaventarle.

Feci un respiro profondo, cercando di contenere le emozioni e il desiderio che si erano accesi in me. Amelia era un fagottino morbido e formoso al mio fianco. Si mosse di nuovo e per poco non mi lasciai sfuggire un gemito. Sentii che si stava svegliando quando il suo corpo si irrigidì. Sollevò la testa e incrociò il mio sguardo. Era bellissima appena sveglia. Era una donna forte, audace e sicura di sé. Era raro poterla vedere così vulnerabile. Mi guardò e non disse nulla, ma sentii il suo cuore che iniziò a martellarle nel petto.

"'Giorno," dissi, spostandole dei capelli dagli occhi.

Arrossì. "Buongiorno. Ehm..."

Non continuò la frase e distolse lo sguardo. Riuscii quasi a sentire le rotelle girarle nella testa.

"Amelia?"

Posò di nuovo lo sguardo su di me.

"Non farlo."

"Che cosa?"

"Non rimuginare troppo."

Si irrigidì, strappandomi un sorriso. Mi ero dimenticato quanto fosse divertente indispettirla.

"Non sto..."

L'afferrai per la vita e la posizionai sopra di me. Sussultò, ma non oppose resistenza, anche se avrebbe potuto essere divertente. Con le ginocchia ai lati del mio bacino, era proprio dove la volevo io.

La guardai. La luce che filtrava dalla finestra creava sfumature dorate sui suoi capelli. Riuscivo a sentivo il calore tra le sue gambe. La tentazione di entrare di nuovo dentro di lei era troppo forte. Inarcai l'erezione contro il suo inguine, facendola sussultare e chiudere gli occhi.

"Aspetta. Non ancora," dissi.

Spalancò gli occhi, fulminandomi con lo sguardo.

"Non ti azzardare a provocarmi così," disse, con voce ancora assonnata.

Fece per alzarsi, ma ero pronto e sapevo benissimo cosa volevo in quel momento.

In un attimo, invertii le posizioni e mi misi sopra di lei. Desideravo così tante cose — magari una settimana intera passata a letto mi sarebbe bastata per soddisfarle tutte — ma in quel momento, dovevo assolutamente gustare il suo sapore. Scesi lentamente sul suo corpo con le mani e le labbra, indugiando sul suo seno. Pieno e tondo, con i capezzoli rosa turgidi. Avrei potuto passare la giornata a giocarci.

Qualsiasi traccia di stizza svanì completamente tra i suoi affanni e gemiti di piacere. Le divaricai le ginocchia, facendo scivolare le dita sull'interno coscia. Amelia mi maledisse sottovoce. Passai un dito sul suo sesso. Era così bagnata che aveva perfino le cosce umide. Volevo fare le cose con calma, ma il desiderio era troppo travolgente. Le infilai un dito nella vagina così piacevolmente stretta. Affondai la testa tra le sue gambe e iniziai ad assaporarla con la lingua, mentre continuavo a penetrarla con le dita.

Era così deliziosa. Non riuscivo a smettere di leccare, succhiare, esplorarla. Volevo farla impazzire completamente, ma mi ero dimenticato quanto sapesse essere esigente. Mi afferrò i capelli e li strattonò. Sollevai la testa, continuando a giocare dentro di lei.

"Ho bisogno di te. Subito," ordinò, con voce roca.

"Sono qui," replicai, soddisfatto dalla sua frustrazione.

Con il suo sesso stretto attorno a me, mossi lentamente il pollice sul suo clitoride.

Tirò indietro la testa, lanciando un urlo gutturale, ma si riprese subito e la risollevò. Maledizione. Era meravigliosa con i capelli arruffati che le circondavano il viso, la pelle arrossata e umida, e il seno che si sollevava a ritmo con il suo respiro affannato.

"Entra," ordinò di nuovo.

Portai fuori le dita e le affondai in profondità. "Così?"

Imprecò sottovoce e mi diede uno strattone. Dato che lo volevo quanto lei, smisi di stuzzicarla. Mi misi sopra di lei e una volta poggiata la punta del pene sulla sua fessura mi fermai e la fissai dritto negli occhi. L'aria era carica di elettricità. L'intensità della connessione che sentivo tra noi — così tangibile che avrei potuto toccarla — mi travolse con una forza tale da lasciarmi senza fiato. La guardai profondamente e affondai piano dentro di lei. Di nuovo, ciò che volevo fare non combaciò con le mie emozioni. Volevo andare con calma per assaporarmi ogni millisecondo, ma il mio corpo non era affatto d'accordo. L'urgenza che ci assalì era così devastante che, non appena affondai nel suo morbido sesso, un istinto primordiale si impossessò di me.

Avevo le sue gambe avvolte attorno alla vita, le unghie affondate nella schiena. La penetravo con forza, ogni spinta più intensa della precedente. Sentii un brivido percorrerle il corpo, la sua vagina che pulsava attorno a me. Urlò il mio nome proprio quando raggiunsi l'acme del piacere. Mi lasciai cadere su di lei, completamente sconvolto dall'orgasmo e dalle sensazioni che soltanto lei sapeva farmi provare. Quando ripresi fiato e il mio cuore smise di battere in modo assordante, mi misi su un lato.

Rimanemmo così, avvinghiati e sudati. Quando sentii il suo sguardo su di me, aprii gli occhi e vidi i suoi che brillavano. Poco dopo, mi passò un dito sulle sopracciglia.

Capitolo Ventuno

AMELIA

Appoggiai i gomiti sul bancone per osservare Cade che divorava l'omelette che gli avevo servito pochi minuti prima. Era da molto tempo che non mi sentivo così bene e, per fortuna, stavo riuscendo a superare la mattinata senza lasciarmi ostacolare da me stessa. Che notte indimenticabile. E che risveglio indimenticabile. Stare così con Cade era allo stesso tempo strano e familiare. La scenata al ristorante non era altro che un distante ricordo. Dall'inaspettata facilità con cui ero riuscita a lasciare Earl era brutalmente ovvio che non l'avessi mai amato. Nel mio cuore e nella mia mente c'era sempre stato spazio soltanto per Cade e nessun altro.

Non avevo più intenzione di continuare a fuggire. Avevo già sprecato due anni della mia vita insieme a Earl e molti altri ancora perché mi ero rifiutata categoricamente di pensare a Cade. Ironicamente, nonostante i miei sforzi sovraumani, Cade era sempre rimasto in un angolino della mia testa. Non avevo fatto altro che ostacolare la verità. Che spreco.

La caffettiera suonò e mi voltai. Dopo aver riempito due tazze, servii a Cade la sua e mi sedetti davanti a lui. "Beh, quand'è che inizi a lavorare, scusa?"

"Lunedì," rispose tra una forchettata e l'altra.

"Oggi che fai?"

Bevve un lungo sorso di caffè, pensandoci su. "Qualsiasi cosa faccia tu," disse, mentre un sorrisetto gli incurvava le labbra.

Non riuscii a trattenere un sorriso a trentadue denti e mi si riempirono gli occhi di lacrime per l'emozione.

Il suo sorrisino svanì. Poggiò la tazza e mi prese la mano. "Ehi, dimmelo subito se sto correndo troppo. Voglio te e vorrò sempre te. Andarci piano è difficile, ma so che il tempismo non è dei migliori." Fece una pausa, deglutendo e incrociando il mio sguardo — il suo così intenso che sembrava quasi leggermi l'anima. "Non voglio rovinare tutto di nuovo."

Mandai giù l'emozione che minacciava di strozzarmi e scossi la testa. "Non è quello. Ma è tutto così bello e sono così felice che tu sia qui, quindi neanche io voglio rovinare tutto. Se fosse per me dovresti stare qui per sempre."

Rise, il brontolio profondo della sua risata che mi scaldò il cuore. "Beh, nulla di più facile. Al momento sto vivendo con i miei finché non trovo casa. Fidati, mia madre farà i salti di gioia quando le dirò che vengo a stare con te."

"Molto probabile." Mi fermai per bere un sorso di caffè. "So che dovrei sentirmi in colpa per Earl, ma non è così. L'avevo lasciato prima di sapere che fossi tornato a casa. E l'ho fatto perché tra noi non poteva funzionare."

Mi morsicai l'interno della guancia e guardai Cade, che mangiò un altro boccone di omelette. Dopo aver finito di masticare, mi guardò e si strinse nelle spalle.

"Sinceramente, sto pensando soltanto a noi, non ad Earl. Se per non mandare tutto all'aria dobbiamo andarci piano, per me non ci sono problemi."

Bevvi un altro sorso di caffè, assaporandone il gusto amaro e cercando un modo per dire ciò che dovevo dirgli. "Anche se abbiamo sbagliato entrambi, è stata Shannon a mentire."

Il suo sguardo si fece più intenso. "Siamo entrambi due teste dure," disse.

Gli strinsi la mano. "Forse. Sei ancora arrabbiato con me?"

Mi guardò perplesso.

"Perché non ti ho mai dato l'opportunità di spiegarti," aggiunsi.

Mi strinse la mano e sorseggiò il caffè, con aria pensierosa. "Lo ero, ma adesso non più. Senti, non ti biasimo minimamente per la reazione che hai avuto quella mattina. Cazzo, io non ho sopportato nemmeno di vederti seduta a tavola con Earl, anche se sapevo benissimo il motivo di quella cena." Fece una pausa per appoggiare la tazza e mi prese anche l'altra mano. "Non possiamo cambiare il passato. Sono tornato qui pronto a vivere insieme a te, ma senza di te. È stato un inferno doverti stare a chilometri di distanza, ma almeno lì non potevo vederti. Poi, beh, è cambiato tutto e la situazione è questa. Facciamo un passo alla volta. Stai tranquilla, non andrò da nessuna parte e voglio solo te. Mi sei mancata così tanto che non ho nemmeno mai pensato a nessun'altra."

"Non hai frequentato nessuno?" domandai. Un vortice di dubbi mi attraversò la mente. Quel forte senso di insicurezza infuso in me dalla manipolazione di Shannon e dalla difficoltà nel rapportarmi con gli uomini era difficile da superare. Non è che mi vedessi come un brutto anatroccolo. No, ma sapevo che la maggior parte di loro preferiva le donne di statura più minuta. Ma non potevo farci nulla, il mondo era fatto così. Guardai Cade.

Mi strinse le mani prima di riprendere la tazza per bere un lungo sorso di caffè. "Non sono rimasto casto, ma sono state tutte avventure di una sola notte."

Il suo sguardo era fisso nel mio e il cuore iniziò a martellarmi così forte da togliermi il fiato. Come io avevo accettato il fatto che non avrei mai più trovato un amore come il nostro, anche lui era giunto alla stessa conclusione.

Capitolo Ventidue

CADE

Entrai in caserma e appoggiai i gomiti sul bancone dell'accettazione. Maisie era al telefono e mi guardò con aria confusa. Era ormai da quasi due settimane che avevo cominciato a lavorare ed ero determinato a sommergerla di gentilezza. Non sopportava affatto che un uomo come me, sempre così cinico verso le donne, stesse provando a indurla a essere più cordiale.

Però santo cielo. Era spinosa come un cactus, mentre Carol era la figura materna della caserma. Era difficile credere che fossero davvero imparentate. Aveva i suoi stessi grandi occhi marroni e, anche se non ricordavo benissimo Carol da giovane perché ai tempi ero soltanto un bambino, era una bella donna. E pure Maisie, se si fosse tolta quel cipiglio dalla faccia.

Chiacchierando con Amelia, le avevo detto quanto mi mancasse Carol e quanto trovassi assurdo che avesse convinto mio padre ad assumere sua nipote alla caserma. Amelia mi aveva guardato sospirando, per poi ricordarmi che Maisie aveva passato l'infanzia sbattuta da una parte all'altra, senza un posto da poter chiamare casa. A detta sua, era andata spesso a trovare sua nonna in casa di riposo e Carol aveva chiesto a mio padre di trovarle un lavoro. Alla fine, mi aveva ordinato di trattarla bene.

Se Maisie non aveva voglia di prendersi cura di noi, allora dovevamo sommergerla di gentilezza. In quei pochi giorni di lavoro avevo visto come ci ignorava, evitando qualsiasi conversazione amichevole come se odiasse il mondo intero. Era sempre così antipatica che la evitavano a tutti i costi, tranne Beck che qualche volta, o meglio raramente, provava a rompere il ghiaccio. A lui scivolava sempre tutto addosso, quindi la scontrosità di Maisie non lo turbava più di tanto.

Tutto sommato, mi sentivo magnanimo. Quelle due ultime settimane erano state le migliori della mia vita. Poter stare con Amelia era un sogno diventato realtà. Certo, avevamo ancora qualche nodo da sbrogliare ed era proprio testarda come sempre, ma io non ero da meno. La parte migliore dei litigi era il fantastico sesso riparatore che ne seguiva. La mia libido si era finalmente risvegliata dopo anni di incontri occasionali ed era tornata prepotentemente in vita. Neanche un'ora prima, avevo la bocca di Amelia attorno al pene, sotto la doccia. Ma quello soltanto dopo una sveltina mattutina a letto.

Era da lì che veniva il mio buon umore e l'intenzione di convincere la mia squadra a fidarsi della centralinista. Maisie prendeva seriamente la sua posizione, facendo sempre un lavoro impeccabile, ma il suo atteggiamento lasciava alquanto a desiderare.

Appoggiai i gomiti al bancone e le sorrisi quando terminò la telefonata. Si sistemò le cuffie e mi fulminò con lo sguardo. "Posso aiutarti?" disse scocciata.

Doveva ritenersi fortunata che non fossi più così scontroso come lo ero stato per sette anni. Altrimenti, le avrei risposto a tono. Invece, ricordai a me stesso di essere paziente. Per farla smettere di comportarsi in quel modo, non potevo fare lo stronzo.

"Io, Rex e Beck ci chiedevamo se ti andasse di pranzare con noi," dissi. Ne avevo parlato qualche giorno prima con Beck e mio padre.

Maisie sollevò un sopracciglio scuro, guardandomi cose se le avessi appena proposto di rotolarsi nel fango.

"Perché?" rispose.

"Perché sei la nostra centralinista, quindi vorremmo parlare di alcune cose legate alla caserma."

Sentii entrare qualcuno alle mie spalle. Voltai la testa e vidi Beck. Si appoggiò vicino a me, guardando prima me e poi Maisie, poi si passò una mano tra i ricci scuri. "Vedo che sei amichevole come al solito," disse a Maisie.

Lei arrossì e gli lanciò un'occhiata velenosa. Poi sbuffò e incrociò le braccia. "E perché dovrei esserlo? Prendo il mio lavoro seriamente e trasferisco sempre tempestivamente le telefonate."

Beck la guardò, leggermente irritato. Ed era normale data l'asocialità di Maisie, ma insolito per Beck. Dopo un momento lui mi lanciò un'occhiata, come per incitarmi a intervenire.

Come hotshot avevo fatto ogni sorta di addestramento ed ero caposquadra da ormai tre anni, ma nulla mi aveva preparato a una centralinista scorbutica come lei che faceva fuggire tutti i pompieri al suo passaggio.

"Maisie, riformulo l'invito. Stiamo andando a pranzo. Vieni con noi. Non è una richiesta. Mettiamola così: è una riunione di lavoro. Ho già prenotato, quindi ci vediamo a mezzogiorno," dissi.

Spalancò gli occhi e digrignò i denti, ma annuì in silenzio. Mi spinsi via dal bancone e andai verso il retro.

Beck mi seguì. Arrivati nella sala relax deserta, Beck alzò gli occhi al cielo. "Dannazione. Quella lì ogni tanto è proprio una stronza. Meno male ci sei tu. Lavora qui giusto da qualche mese, ma ero troppo impegnato a seguire le due squadre per rendermi conto di quanto fosse sgradevole. E poi tuo padre è molto protettivo nei suoi confronti."

Spostai una sedia dal tavolo per sedermi. Beck sprofondò su quella davanti a me, sospirando.

Feci una risata. "Già, è tosta. Praticamente l'opposto di sua nonna."

Guardai il bancone dietro di lui, dove c'era la caffettiera mezza piena. Mi alzai e presi una tazza. "Ne vuoi un po'?" chiesi, guardandolo mentre versavo il caffè. Annuì e gli passai la tazza, per poi riempirmene un'altra e tornare a sedermi.

"Ci avrei scommesso, sai che mio padre è un tenerone. E Carol era una cara amica di mia madre, quindi probabilmente anche lei l'avrà convinto ad assumere Maisie."

Beck bevve un sorso di caffè e si appoggiò allo schienale. "Oh, sicuramente. A essere onesti, mi basterebbe che la smettesse di comportarsi così male. È brava nel suo lavoro, è veloce e sa gestire bene le chiamate d'emergenza. È sveglia e attenta, quindi non perde facilmente il controllo. E non ride neanche quando la gente chiama per cose assurde. Hai sentito del tizio che ha telefonato perché qualcuno stava provando a spostare il suo capanno di caccia?"

Per poco non sputai il caffè. "Cosa?!"

Beck annuì, con un luccichio negli occhi. "Eh, già. Solo in Alaska possono succedere queste cose. Questo tizio ha un capanno di caccia in montagna. Ci chiama e dice che qualcuno stava per caricarselo su un rimorchio. Dio mio, che ridere! Comunque, se avessi risposto io mi sarei scompisciato dalle risate. Maisie invece ha mantenuto la calma per tutta la telefonata. E meno male, perché era incazzato nero. Quindi tuo padre è andato a dare un'occhiata e ci ha chiamati per rimettere il capanno al suo posto. Almeno per una volta abbiamo fatto qualcosa di diverso."

Scossi la testa. "Puoi dirlo forte. E poi di cos'è stato accusato il ladro del capanno?"

"Tentato furto," rispose Beck con una scrollata di spalle. "Tuo padre aveva proposto un risarcimento, ma per il proprietario non era sufficiente. Sai com'è. Comunque. Ho saputo che vivi di nuovo con la tua ragazza."

Poter chiamare di nuovo *mia* Amelia era una sensazione bellissima. Sfoderai un sorriso raggiante. "Allora hai sentito bene."

Dopo la prima notte passata insieme, rimanere da lei era stato naturale. "Immagino che ad Earl non faccia molto piacere, ma... boh, non so. È come se avessimo ripreso da dove ci eravamo lasciati."

"Non importa quello che pensa Earl. Tutti hanno qualcosa da dire, ma che te ne frega? Senti, Earl non è una cattiva persona, ma è troppo sicuro di sé per i miei gusti. Io non sono tipo da storie serie e non ho problemi ad ammetterlo. Anche lui si è sempre dato alla pazza gioia, pur fingendo il contrario. Amelia per lui era un trofeo. Sei stato fortunato che l'altra sera l'abbia chiusa lì. È fatto così. È meschino."

Mi chiesi cosa avesse mai visto Amelia in lui. Poi ricordai le sue parole — che stava con Earl per paura di rimanere sola. Era come una pugnalata allo stomaco. Nonostante ci stessimo lasciando trasportare dalla passione insaziabile, rimanevano ancora problemi di fondo da risolvere: la rabbia per essere stato tagliato fuori dalla sua vita, il suo dolore per aver visto me e

Shannon insieme. Non volevo più che quei problemi continuassero a ostacolarci. Odiavo il fatto che pensasse di non meritare di meglio.

Stavo per rispondere, quando dall'interfono Maisie annunciò una chiamata per un incendio in centro. La caserma si riempì in pochi minuti di pompieri che si fiondarono sul luogo con le sirene spiegate.

Capitolo Ventitré

AMELIA

Io e Lucy osservammo il lotto di terra davanti a noi. Come promesso, Max si era presentato la settimana prima per occuparsi degli scavi. Era tardo pomeriggio e gli operai se n'erano già andati. Solitamente, io mi occupavo di realizzare i progetti e Lucy mi aiutava con la costruzione. I lavori di scavo, per le fondamenta e idraulici li affidavo a esterni. Lucy era anche un'elettricista, quindi eravamo a posto.

Sorrisi incrociando il suo sguardo. "Finalmente possiamo iniziare a costruire."

Lucy sollevò la mano per un cinque. "Oh, sì," disse battendo la mia mano. "Iniziamo stasera o aspettiamo domani?"

Le estati in Alaska creavano una bizzarra dinamica. Da una parte, quando si voleva intraprendere qualche attività all'aperto sembravano cortissime. Eppure, le giornate erano così lunghe che le ore accumulate sembravano quasi allungare l'estate. Ogni anno, al lavoro era una corsa contro il tempo. Giornate lunghe, notti brevi, e i progetti si ammassavano uno sull'altro.

Ragionai sulla domanda di Lucy. Dato che erano

passate le sette di sera, c'era ancora tempo per sbrigare qualcosa prima che si facesse buio. Se non fosse stato per Cade, avrei deciso di continuare. La guardai e scossi la testa. "Ma no, iniziamo domani. Ci vediamo alle sette?"

Un sorrisetto malizioso le incurvò la bocca. "Ultimamente hai cambiato abitudini lavorative."

Mi sforzai di non arrossire, ma il mio viso non ne volle sapere. "Forse. C'è qualche problema?"

Lucy scosse la testa. "No. Sei tu il capo. Non mi hai raccontato nulla, ma immagino che con Cade stia andando tutto alla grande."

Arrossii ancora più violentemente. "Va tutto..." Feci una pausa prima di dire 'benissimo'. Certo, era quello che pensavo davvero, ma quel termine non sarebbe bastato a descrivere quanto ero felice di poter vivere di nuovo con Cade. Era come se avessi passato anni da sola in un deserto, Cade nient'altro che un miraggio. Ma era tornato da me ed era tutto ancora più bello di quanto ricordassi. Come immaginavo, era cresciuto e maturato. Era un vero uomo ed era di nuovo mio. Eppure, una minuscola parte di me temeva che stessi correndo troppo dopo aver appena scaricato Earl. Era passato solo un mese dal mio non-matrimonio.

Ringraziavo ogni giorno il cielo per essermi decisa a lasciarlo prima di rivedere Cade, prima di sapere che sarebbe tornato a casa. Altrimenti sarebbe stato un incubo. Ma dopotutto, se Cade mi avesse chiesto di sposarlo quello stesso giorno, non avrei esitato un istante. E ciò mi terrorizzava. Ero già caduta a pezzi una volta a causa sua. Non ero sicura di essere pronta a mostrarmi di nuovo vulnerabile. Ma il problema era sempre stato quello — Cade mi rendeva vulnerabile.

Era troppo importante per me. La nostra relazione era troppo importante.

Guardai Lucy. "Con Cade sta andando tutto alla grande."

Sfoderò un sorriso e si incamminò verso il furgone parcheggiato alla fine del terreno e la seguii. Arrivate al portellone, mi guardò. "Da come sei rilassata, scommetto che avete già rischiato di ardere al suolo casa tua un bel po' di volte."

Scoppiai a ridere. Ripresi fiato e mi strinsi nelle spalle. "Forse. Ma tanto è un pompiere, quindi non c'è pericolo."

Il suo sorriso svanì e mi guardò con aria cupa. "Voglio solo assicurarmi che vada tutto bene. Prima eri sempre stressata, sai. Non metto in dubbio che facciate del sesso fantastico e ho visto il modo in cui ti guarda, ma siete riusciti a risolvere i problemi di fondo?"

La guardai a lungo e annuii. "Penso di sì. Cioè, si trattava soltanto di un enorme malinteso. E a peggiorare le cose c'erano la mia testardaggine e la sua lontananza."

Lucy rise piano. "Sei davvero testarda come un mulo. Mi basta sapere che stai bene."

Sentii che c'era qualcos'altro sotto. Non era il genere di persona che si preoccupava inutilmente. "Che succede?"

"Beh, ho saputo da Janet che Shannon è tornata. Perché anche Cade è in paese," rispose piattamente Lucy.

Mi si rivoltò lo stomaco. Ormai la ferita causata da Shannon si era chiusa, ma era rimasta la cicatrice. Provai a ricordare a me stessa che Cade mi aveva raccontato la verità, ma le mie emozioni non mi facevano ragionare. "Che cazzo ci fa qui? Non vive ad Anchorage?"

Lucy annuì. "Da quello che so, sì. Ma può sempre inventarsi una scusa per tornare a far visita. Sua sorella vive ancora qui. Senti, voglio solo che tu non soffra. Tu e Cade avete appena rincominciato a frequentarvi. Non sapevo se avvisarti o meno, ma alla fine l'ho fatto comunque. Non darle alcun peso. Cade è tuo e, santo cielo, quell'uomo sbava ogni volta che ti vede. Però preparati, perché potresti incontrarla."

Tirai un calcio alla ruota del furgone, provando a soffocare il senso di tradimento devastante e le insicurezze che si portava dietro. "Ma perché cazzo non demorde? L'ultima volta l'ha rifiutata. È stato via per sette anni. Mi odia davvero così tanto? Cioè, ci siamo appena rimessi insieme..."

Lucy mi interruppe. "Non penso lo sappia. So che è passato un sacco di tempo, ma in fondo stavi per *sposare* Earl soltanto un mese fa. Secondo Janet, Shannon non sa cos'è successo. Sappi che sono in molti ad avercela con lei per quello che vi ha fatto. Ai tempi non eravamo amiche, ma era impossibile non rendersi conto di quanto fosse incazzata la gente. Indipendentemente da quello che uno poteva pensare di voi due, Shannon si è comportata da vera stronza. Adesso lo sai, quindi stai attenta. E magari ti conviene avvertire anche l'altro piccioncino."

Ero troppo furiosa per ridere e sicuramente se n'era resa conto anche lei. Si avvicinò e mi abbracciò forte. Per essere così minuta, era forte. Mi lanciò le braccia attorno al collo e mi strinse a sé, per poi indietreggiare di nuovo. "Se prova a fare qualche stronzata, la prendo a pugni. E ricordati che tu e Cade siete una coppia solida. Adesso vai a casa e sbattitelo per bene."

Capitolo Ventiquattro

CADE

Rimasi sotto l'acqua calda della doccia, con le mani contro le mattonelle e la testa china. L'incendio di quel pomeriggio era peggiorato al punto da mettere a rischio anche un albergo, quindi era dovuta intervenire anche la mia squadra. Era scoppiato a causa della negligenza del proprietario di casa, che era uscito senza spegnere la macchinetta del caffè. Della casa non era rimasto altro che cenere, ma eravamo riusciti a impedire che il fuoco si propagasse verso l'albergo. E per fortuna, dato che era adiacente a un boschetto di pioppi.

Era piena alta stagione, non aveva piovuto abbastanza in Alaska e c'erano ettari ed ettari di foreste di abete rosso con alberi morti o presi di mira da coleotteri che si nutrivano del loro legno tenero. Il rischio di incendi si alzava di anno in anno, a causa appunto delle estati aride e di tutto il combustibile morto e secco. Gli abeti del Colorado erano più resistenti ai coleotteri, ma dall'alto lo scenario mi spezzava il cuore. Dall'elicottero non vedevamo altro che chilometri di abeti secchi e morti.

Dopo quella giornataccia ero stanco morto. Avevo scoperto che Amelia lavorava fino a sera, quindi appena ero tornato a casa mi ero fiondato sotto la doccia. Restai lì fermo a farmi scorrere l'acqua calda addosso. Quando sentii un rumore, mi girai e vidi Amelia intenta a entrare nella doccia insieme a me. Mi staccai dalla parete e mi voltai. Non appena il mio pene la percepì, iniziò a gonfiarsi e fu subito duro e pronto per lei. Amelia si stava sciogliendo una coda tutta spettinata. Aveva del terriccio sulla guancia e sul braccio. Me la mangiai con gli occhi, gustando il contrasto tra le sue gambe muscolose e il seno rigoglioso.

"Accidenti," mormorò non appena mi guardò.

Notò subito l'erezione e spalancò lentamente gli occhi, con un sorrisino malizioso sulle labbra.

Mi avvicinai e mi appoggiai a lei, provando una soddisfazione immensa quando le mancò il fiato. "Accidenti cosa?" mormorai, con le labbra sospese sul suo collo.

"Non riesco a togliermi questo coso dai capelli," disse, ansimando.

Sollevai la testa e provai ad aiutarla, quindi abbassò le mani. Dopo un minuto, finalmente riuscii a sfilarle l'elastico, che lasciai cadere a terra. "Ecco fatto," annunciai con voce roca quando incrociai il suo sguardo intenso.

"Com'è andata oggi?" sussurrò.

"È stata una giornata movimentata. A te?" replicai mentre le palpavo il fondoschiena.

Sussultò quando la strinsi a me con forza. Soffocai un gemito quando sentii il suo caldo sesso premuto contro il pene.

Quando non rispose, le ripetei la domanda mentre

le leccavo e mordicchiavo il collo. "Com'è andata la tua giornata?" mormorai.

"Oh, cielo. Tutto bene," rispose mentre avvolgeva la mano attorno alla mia erezione, iniziando a masturbarmi.

Il vapore ci avvolgeva mentre l'acqua scrosciava attorno a noi. Era così bello sentire il suo corpo bagnato contro il mio. Infilandole una mano tra le cosce, la trovai calda, eccitata e pronta. Non avevo intenzione di aspettare. Mettendole le mani sotto il fondoschiena, la sollevai e la spinsi contro le mattonelle della parete.

Mi avvolse le gambe attorno alla vita e poggiò la testa al muro. Con il pene in mano pronto ad affondare dentro di lei, la guardai. Mi scoppiò il cuore. Aveva i capelli fradici tutti ingarbugliati, gli occhi color miele fissi nei miei, i capezzoli rosa turgidi e il seno maledettamente pieno e tondo. Era bellissima. Amavo tutto di lei. Così tanto da star male.

Sollevò il bacino e si morse il labbro. Con un braccio avvolto saldamente attorno all'incavo dei fianchi per tenerla su, sollevai una mano e le spostai le ciocche di capelli dal viso. Poi le passai il pollice sulle labbra. Il suo sguardo si fece più intenso e mi morse il dito, portandoselo dentro la bocca per succhiarlo leggermente.

"Ti amo," dissi con voce roca e ardente.

In quel momento, la sentii irrigidirsi. Le brillarono gli occhi e le scese una lacrima sul viso. Sapeva benissimo che l'amavo da sempre, ma erano ormai sette anni che non se lo sentiva dire. Aspettai una reazione, temendo di aver detto troppo, troppo presto. Sfilai il pollice dalle sue labbra e le feci scivolare le dita sul collo, sentendo il battito frenetico del suo cuore.

"Ti amo anche io," disse infine, prima che morissi per l'ansia.

"Benissimo," risposi.

Era impossibile descrivere a parole ciò che provavo per lei, quindi preferii usare il mio corpo. Tirai leggermente indietro il bacino e affondai con forza dentro di lei. Lanciò un urlo e strinse saldamente le gambe attorno a me. Con gli occhi fissi nei suoi, la possedetti riversando tutti i miei sentimenti nel pulsante desiderio che bruciava ancora ardente tra noi.

Ogni colpo sempre più profondo, ogni mio grugnito, ogni suo grido, ogni schiaffo schioccante della nostra pelle bagnata diceva molto più delle parole. Ci lasciammo completamente andare alla foga del momento, ma sotto tutta quella cruda passione c'era l'intensa tenerezza che ci univa — quella che un tempo avevamo dimenticato. La sentii stringersi attorno a me e fremere. Affondai ancora e ancora e ancora nel suo morbido sesso finché non iniziò a pulsare. Mi affondò le unghie nella schiena e lanciò un urlo. Il mio orgasmo mi travolse subito dopo con una forza tale da farmi quasi cedere le ginocchia.

Ma lei era lì. Mi prese il viso tra le mani, mormorando il mio nome mentre me lo copriva di baci. Restammo così a lungo in quella posizione, io ancora dentro di lei e con le labbra sulle sue, che l'acqua calda iniziò a raffreddarsi.

Capitolo Venticinque

AMELIA

Aprii la porta del Firehouse e una volta entrata diedi una scrollata all'impermeabile. Era stata una mattinata grigia e piovosa e il temporale non sembrava ancora volersi placare. Io e Lucy avevamo deciso di smettere di lavorare prima del solito, dopo aver completato dei lavoretti al freddo per qualche ora. Mi tolsi il cappuccio e mi guardai intorno. Ovviamente, il locale era pieno di turisti. Sicuramente tutte le battute di pesca sul lago o sui fiumi erano state cancellate, così come qualunque altra attività all'esterno. Gli amanti dell'ecoturismo non avrebbero battuto ciglio, ma loro facevano escursioni in aree remote lunghe settimane, come quelle che guidavano un tempo mio fratello e sua moglie. I turisti che affollavano le strade di Willow Brook e dell'Alaska con i loro camper solitamente preferivano addentrarsi nella natura soltanto in condizioni ottimali. Perfino durante l'estate, la pioggia in Alaska abbassava di molto le temperature.

Mi feci strada tra i tavoli e mi misi in fila, appoggiandomi a uno dei vecchi pali da pompiere decorati. Ripensai alla sera prima, quando Cade mi aveva commossa fino alle lacrime prima di fare l'amore in quel nostro modo così selvaggio. Nonostante i ricordi del nostro passato insieme non ricordavo quell'intensità, quella tenerezza e quell'intimità così profonde da scuotermi l'anima. Probabilmente perché ci eravamo ritrovati dopo così tanto tempo. Probabilmente perché la mancanza e il rimorso del presente lo rendevano più speciale. Ma comunque, era senza dubbio di una magnificenza travolgente.

La fila avanzò. Con la testa fra le nuvole, sussultai sentendo il mio nome. Mi girai e trovai Earl alle mie spalle. Quando l'avevo visto al ristorante, mi ero aspettata di provare qualcosa, ma avevo sentito soltanto un vago senso di tristezza. Mi dispiaceva davvero che tra noi fosse finita in quel modo, ma tutto lì. Oggettivamente, era un ragazzo bellissimo, con i suoi capelli chiari e gli occhi marroni. In quel momento, mi chiesi come avessi mai potuto frequentarlo, figuriamoci accettare di sposarlo. Non mi faceva né caldo né freddo.

Decisi di tentare un approccio amichevole e cordiale, conscia del fatto che l'ultima volta che l'avevo visto Cade gli aveva sferrato un pugno in faccia, di cui ormai non era più rimasto alcun segno. "Ciao, Earl. Come va?"

Ci pensò su e, dopo un istante, si strinse nelle spalle. "Si va avanti, nonostante tutto."

La fila avanzò ancora. Provai una fitta di senso di colpa e non seppi come reagire. Mi chiesi se fosse il momento giusto per scusarmi, ma tanto nessuno ci stava dando retta e la nostra conversazione era sovrastata dal brusio del locale.

"Earl, l'altra sera dicevo sul serio. Mi dispiace per tutto quanto. So che non hai sofferto, anche se magari preferisci non ammetterlo. Forse sarà rimasto ferito il tuo orgoglio, ma so cos'è il vero amore e di certo tra noi non c'era. Mi dispiace davvero tanto averci messo così tanto a capire che non eravamo fatti l'uno per l'altra. Ti auguro il meglio e di trovare quello che cerchi."

Earl volse lo sguardo verso la lavagna sul bancone, dove Janet stava prendendo un ordine dopo l'altro al computer. "Ho sentito che sei tornata con Cade," disse freddamente.

Mi si chiuse lo stomaco. Sentirmelo dire in quel modo rese tutto più reale. Decisi di tenere a freno la lingua. Non potevo fargli capire quanto impazzivo per Cade. Quando mi guardò, annuii. "Già. Sappi che è successo per caso. Non sapevo neanche che stesse tornando a casa quando ti ho lasciato. Ammetto che la sua presenza non ha fatto altro che confermare che dopotutto è stato un bene non averti sposato, ma davvero, tornare con Cade non era nei miei piani."

Earl alzò gli occhi al cielo, con aria disgustata. Mi incazzai, pensando alla nostra passata relazione.

"E va bene. Arrabbiati pure. Ma nel frattempo, pensa a come hai reagito quando ti ho detto che ti stavo lasciando," sbottai.

Quel pomeriggio nel camerino improvvisato della chiesa, nonostante il turbinio di emozioni che mi stavano attanagliando, avevo quasi deciso di sposarlo. Ma non me l'ero sentita. Mi ero fiondata da lui, senza nemmeno sapere se sarei davvero riuscita a lasciarlo. Ma ce l'avevo fatta. Non mi era sembrato particolarmente afflitto, più infastidito che altro. Avrebbe potuto provare a lottare per tenermi con sé, ma non l'aveva fatto. Addirittura, dopo aver annunciato che il matrimonio era stato annullato, era pure partito per una battuta di pesca. Non era rimasto minimamente turbato.

Speravo davvero che un giorno avrebbe capito il

motivo della mia decisione. Non perché volessi il suo perdono, ma perché capisse cosa avrebbe potuto fare di diverso in quel momento.

Sbarrò leggermente gli occhi. Ottimo, forse finalmente stava iniziando a comprendere il mio punto vista. Dopo un momento, scosse la testa. "Vabbè, Amelia. Vedila pure come vuoi tu, se ti fa stare meglio. Ma ti conviene guardarti le spalle. Shannon è tornata in paese e sicuramente il motivo lo capisci anche da sola."

Un senso di angoscia mi pervase, ma decisi di ignorarlo. Non potevo permettere a Earl di alimentare le mie insicurezze. Aveva già fatto abbastanza quando stavamo insieme, senza mai degnarmi di un briciolo di attenzioni invece di amarmi.

Mormorò qualcosa e si voltò. "Stammi bene," disse prima di farsi largo tra la gente per andarsene.

Le campanelle della porta risuonarono quando si chiuse la porta alle spalle. Sospirai e quando mi girai scoprii che era arrivato il mio turno. Janet mi rivolse un largo sorriso. "Ciao, tesoro. Che piacere vederti. Che prendi?"

Lanciai un'occhiata veloce alla lavagna. "Un caffè molto forte e uno di quei tuoi cosini con prosciutto e formaggio."

Janet rise. "Fortuna che ho capito."

Segnò l'ordine e mi diede il totale, prima di girarsi a versarmi una tazza di caffè. "Il resto ci metterà un attimo a riscaldarsi. E comunque, non dare retta ad Earl," disse, sottovoce.

Avvolsi le mani attorno alla tazza di caffè, grata per il calore. "Hai sentito tutto?"

Janet si strinse nelle spalle, con un luccichio negli occhi. "Ho provato a origliare, tesoro. Non mi vergogno ad ammetterlo. Per me hai fatto benissimo a lasciarlo. È un bravo ragazzo, ma troppo pieno di sé. Comunque, a proposito di Shannon, non devi assolutamente preoccuparti," disse, enfatizzando l'ultima frase.

Alzando gli occhi, scrollai le spalle. "Lucy me l'aveva già detto. Non sono preoccupata, però probabilmente si metterà a fare qualche casino. Ma lo sa almeno che io e Cade siamo tornati insieme?"

Anche Janet alzò gli occhi al cielo. "L'ha scoperto stamattina. Gliel'ho fatto presente quando è passata con sua sorella. Fidati, c'è rimasta di sasso. E ci credo. Vivendo così lontana, la notizia che hai scaricato Earl sicuramente non l'aveva ancora raggiunta. Ma mi ha fatta arrabbiare davvero tanto, quindi le ho raccontato tutto. Sua sorella proprio non la sopporto. Gayle non è una stronza come Shannon, ma le permette di fare tutto quello che vuole. Dato che non le ha fatto la ramanzina, ci ho pensato io."

La guardai stupita e soffocai una risata. Dato che il rapporto con Cade era ancora fragile, la presenza di Shannon mi metteva una certa angoscia. Non mi fidavo di lei. Affatto. Ma per fortuna avevo amici come Janet a guardarmi le spalle. Shannon si meritava di essere umiliata per quello che aveva fatto. Però proprio non riuscivo a capire perché fosse così fissata con Cade.

Bevvi un sorso di caffè e decisi di tenere a freno la lingua. "Grazie per il sostegno, Janet. Spero solo che abbia capito di dover stare alla larga. Non ho voglia di avere a che fare con lei. Minimamente."

Con un gesto di non curanza, si girò dall'altra parte quando l'avvisarono che il piatto era pronto. Prese il rotolino al prosciutto e formaggio e me lo passò. "Non hai niente di cui preoccuparti. Ma alla gente piacciono i pettegolezzi e i drammi. Tu e Cade avete già fatto parlare molto di voi, ma con l'arrivo di Shannon si alzerà un bel polverone. Tu ignoralo. Non credere a nessuna voce. Cade ti ama e l'ha sempre fatto. Il tempo e la distanza vi hanno rincitrulliti."

Sentii qualcuno alle mie spalle, quindi mi feci da parte. "Ci proverò. Grazie di tutto."

Janet mi salutò con la mano. "Vai a sederti e a scaldarti un po'."

Capitolo Ventisei

CADE

Mi appoggiai al portellone del garage della caserma e mi passai la manica sul viso. Avevo passato le ultime ore a sistemare la mia vecchia motocicletta preferita.

"Vedo che hai rimesso a nuovo la tua vecchia moto."

Sollevai lo sguardo e vidi Beck entrare nel garage, da una porta laterale. "Già. Mio padre l'ha tirata fuori dal garage nel weekend e me l'ha portata qui per sistemarla."

Beck si mise al mio fianco, rivolgendo alla moto uno sguardo di approvazione. Io l'adoravo. Era una vecchia Indian non più in commercio. Comprarne una usata costava un occhio della testa, se non due. Quando ero partito per la California, avevo preferito lasciarla a casa, conscio del fatto che non avrei avuto tempo per usarla. Alla fine il tempo sarei anche riuscito a ritagliarmelo, ma avevo deciso che non avrei portato con me la mia piccola. Quanto avevo odiato il fatto che pensarci mi ricordasse sempre Amelia. Su quella moto avevo fatto più chilometri in sua compagnia che senza. Ma finalmente potevo godermela di nuovo senza più soffrire.

Beck inclinò la testa di lato, con un ghigno. "Che bella bestia. Non sapevo l'avessi lasciata qui. Mi avrebbe fatto piacere portarla in giro al posto tuo."

Risi e scossi la testa. "Bello, puoi usare l'altra moto che ho, ma non questa."

Beck si strinse nelle spalle. "Oh, beh. Non ti conviene lasciarla qui. La tentazione di salirci sopra è troppo forte per chiunque."

"Non preoccuparti, stasera la porto a casa di Amelia. Ho approfittato della pioggia per darle una sistemata, ma adesso che ha smesso posso farmi un bel giro."

Beck annuì e si infilò le mani in tasca. "Sono venuto a dirti che all'ingresso c'è Shannon e che vuole vederti. Per una volta il caratteraccio di Maisie non mi dispiace. Le ho sentite di sfuggita e le ha detto che non stavi aspettando nessuno, con il suo solito sguardo *gelido* menefreghista," disse Beck ridendo piano.

"Che cazzo ci fa qui Shannon?" chiesi, passandomi una mano tra i capelli e tirando una tallonata contro il portellone in acciaio del garage. Il boato riecheggiò nel garage cavernoso. Non solo non volevo vedere Shannon, ma dovevo anche preoccuparmi della reazione di Amelia.

Beck scrollò le spalle. "E io che ne so. Si è accomodata dicendo che ti avrebbe aspettato. Vuoi che la mandi via?"

Scossi la testa. "No, tranquillo. Ci penso io. Cioè, non la vedo da quando ha fatto quella stronzata. Cazzo, meglio se avverto Amelia."

Presi il telefono e le scrissi un messaggio.

Non so perché, ma Shannon è alla caserma. Volevo giusto fartelo sapere.

Guardai Beck, alzando gli occhi al cielo. "Come cazzo faccio a farle capire che deve lasciarmi in pace?"

Si strinse nelle spalle. "Bello, ne sai molto più di me sulle relazioni."

Lo guardai storto. "Ma che dici? L'unica donna con cui sono mai stato è Amelia. Secondo me tu sei molto più bravo a scacciarle."

Beck scoppiò a ridere e mi arrivò una notifica.

Lessi la risposta di Amelia.

Maledizione. Ieri sera mi sono dimenticata di dirtelo. L'ho saputo da Lucy.

Scrissi una risposta veloce.

Ehm, potevi dirmelo, eh. Mi avrebbe fatto piacere saperlo in anticipo.

Ehm, eravamo impegnati, eh. Con cose molto più importanti.

Sorrisi e riuscii a immaginarmi perfettamente il suo sorrisino malizioso. Aveva ragione. Eravamo molto occupati l'uno con l'altra.

Giusto. E anche più tardi saremo molto impegnati. Però adesso c'è Shannon alla caserma. Ho chiesto a Beck cosa fare per mandarla via, ma non mi ha saputo dire niente di utile.

Mandacela a quel paese.

Guardai Beck. "Amelia dice di mandarcela a quel paese."

Lui sorrise. "Mi sembra perfetto."

Riportai lo sguardo sullo schermo.

D'accordo. Dove sei?

Al Firehouse. A che ora torni a casa?

Accidenti. Una domanda così semplice e il mio cuore esplose, spezzandomi quasi una costola. Amavo quella donna con tutto me stesso. *Casa* per me era Amelia e voleva sapere quando sarei tornato da lei.

Prima devo mandare a quel paese Shannon. Poi porto la moto a casa. Stasera ci facciamo un giro?

SÌ! ♥

Sorridendo, mi infilai il telefono in tasca e notai lo sguardo sagace di Beck.

"Che c'è?" domandai.

"Mamma mia, ti ha proprio stregato. Meno male sei tornato a casa," disse lui.

Fino a qualche mese prima, avrei fulminato chiunque avesse detto che ero stato stregato da una donna. Cazzo, ero così pieno di rabbia che perfino il sesso occasionale era stato molto raro. Ogni tanto avevo ceduto per saziare i miei bisogni. Ma erano state tutte soltanto avventure, perché nessuna, assolutamente nessuna, poteva essere minimamente paragonabile ad Amelia. Ero felicissimo di averla ritrovata.

Risposi al suo sguardo divertito con una scrollata di spalle. "Certo che sì." Mi spinsi via dal portellone. "Vado a mandare Shannon a quel paese e poi torno a casa."

Beck mi seguì. "Mi sembri proprio contento della cosa."

Mi fermai davanti alla porta e gli diedi una pacca sulla spalla. "Tu non la conosci quella lì. Vedrai."

E così aprii la porta, mentre lui mormorava alle mie spalle. "Come dici tu."

Superai il bancone di Maisie, che non mi lanciò alcuna occhiataccia. Stavamo facendo progressi. Shannon era seduta nell'area d'attesa. Si alzò appena mi vide. "Cade! Non ci credo che sei tornato a casa!"

Shannon fece per avvicinarsi, ma la fermai con la mano. Sapevo che era abituata ad attirare l'attenzione degli uomini. Oggettivamente era una donna bellissima, con lunghi capelli corvini, occhi azzurri e un perfetto fisico formoso. Non mi faceva alcun effetto, ma non ero certo cieco. Ai tempi non ne avevo mai parlato ad Amelia, ma proprio non capivo come facessero a essere amiche. Shannon era troppo competitiva, troppo invadente.

Il sorriso esagerato di Shannon svanì quando sollevai la mano come un segnale di stop. Si fermò e giunse le mani. Riuscivo quasi a vedere le rotelle girarle nella testa.

"Ciao, Shannon. Sono passato per mandarti a quel paese."

Girai i tacchi, ignorando il suo sussulto sorpreso, e me ne andai.

La sentii corrermi dietro e mi afferrò il braccio. "Cade! Non riesco a credere…"

Mi voltai verso di lei. Ero incazzato nero. "Non osare toccarmi, cazzo. Tra di noi non c'è *mai* stato niente e *mai* ci sarà. Sono tornato qui e io e Amelia stiamo di nuovo insieme. Questa volta non riuscirai a separarci con qualche trucchetto di merda."

Mi liberai con un movimento brusco del braccio e me ne andai. Shannon rimase in silenzio, con le guance rosse per l'imbarazzo. Aveva l'aria rassegnata. Guardai Maisie. "Maisie, ti informo che Shannon non ha il mio permesso di venire qui, a meno che non si tratti di un'emergenza reale. Ti chiedo il favore di non farla più entrare."

Maisie mi fissò con i suoi grandi occhi marroni. Annuì con decisione. "Certamente. Le avevo già detto che non poteva entrare da voi, ma adesso so con certezza che non può farlo."

Lo sguardo di Shannon si indurì. "Fottiti, Cade. Non puoi…"

"Non provarci nemmeno. Ancora non ho capito cosa stai cercando di ottenere, ma sinceramente non me ne frega un cazzo. Se osi fare qualcosa ad Amelia, te ne pentirai."

Andai ad aprire la porta d'ingresso, facendole

segno di andarsene. Con ostentazione, mi superò e uscì senza dire un'altra parola. Chiusi la porta e mi voltai. Maisie stava fissando lo schermo del computer.

Mi avvicinai al bancone. "Grazie, Maisie."

Sollevò lo sguardo e per la prima volta vidi una traccia, giusto un pizzico, di incertezza sotto la sua maschera di ghiaccio. "Non c'è di che. Dato che mi fai sempre sapere in anticipo i tuoi programmi, ho capito subito che non aveva fissato alcun appuntamento con te." Si fermò e si morse l'interno della bocca, con aria pensierosa. "Mi sto davvero impegnando per fare un buon lavoro. Mi dispiace che abbiate dovuto dirmi di essere più gentile," affermò.

"Maisie, sei davvero brava nel tuo lavoro. Sei responsabile, sempre puntuale e non hai mai saltato neanche un giorno. Apprezziamo tutti che tu stia provando a essere un po' più amichevole. Fidati, abbiamo tutti le nostre giornate no," mi fermai per rivolgerle un sorriso. "Però se vuoi trattare male Shannon, fai pure."

"Cercherò di non fare troppo la stronza, ma se rompe le palle ad Amelia dimmelo subito e le faccio il culo. So far a botte," disse Maisie con un sorrisino furbo.

Scoppiai a ridere così forte che mi vennero le lacrime agli occhi. Quando ripresi fiato, Beck uscì dalla porta del garage, guardandoci come se fossimo due alieni.

"Ma che cazzo? Sai sorridere?" chiese Beck, guardando sorpreso Maisie.

Maisie arrossì subito e abbassò lo sguardo sul computer. Mi rivolsi a Beck. "Maisie si è offerta di fare il culo a Shannon."

Anche Beck scoppiò a ridere e, con piacere, notai che il sorrisino di Maisie era tornato.

Capitolo Ventisette

AMELIA

Appoggiai la guancia contro la schiena di Cade, mentre percorrevamo una strada tortuosa che conduceva all'oceano. Willow Brook distava neanche mezz'ora dalla costa. Quando Cade mi aveva proposto il giro in moto avevo aspettato con ansia il suo ritorno a casa. Un tempo avevamo fatto molti viaggi insieme, sia brevi che lunghi. Non sapevo neanche che avesse ancora quella moto, la sua preferita, ma poi avevo scoperto che l'aveva lasciata nel garage dei suoi genitori.

Prima di tornare a casa mi aveva comprato un casco nuovo, dato che non riusciva a trovare quello vecchio. Cingendogli la vita con le braccia, sollevai la testa per sentire l'aria fresca sulla pelle. Quella strada evitava completamente Anchorage passando lungo la baia di Cook, una vasta baia che si estendeva dal golfo dell'Alaska fino ad Anchorage, nell'oceano Pacifico. Eravamo diretti verso un belvedere situato sulla baia di Turnagain, un braccio di mare che costeggiava la strada seguendo la costa sinuosa.

Allontanandoci a sud rispetto a Willow Brook

l'aria fresca di montagna iniziò a mescolarsi alla brezza fresca e salata dell'oceano. Sulla moto di Cade mi sentivo sempre avvolta dagli aromi della natura. Gli alberi iniziarono a diradarsi, lasciando spazio alla baia di Turnagain, che offriva un panorama mozzafiato, con i piedi delle montagne che baciavano il bordo dell'acqua. Il motore rombò quando Cade cominciò a rallentare, imboccando una stradina nascosta tra gli alberi. Durante l'estate era una zona molto trafficata, essendo l'unica via che collegasse Anchorage alla penisola di Kenai, zona molto ambita dai turisti. La penisola di Kenai era ricca di fiumi, baie dalle acque scintillanti e ospitava diverse comunità che accoglievano i turisti, prime fra tutti Diamond Creek e Homer.

Cade evitò il traffico passando in una stradina sterrata che portava a una zona appartata conosciuta soltanto dai locali e decisamente inaccessibile ai camper. Era anche completamente anonima, quindi soltanto pochi turisti avventurosi riuscivano a trovarla. Dopo un boschetto di betulle, la strada si apriva su un promontorio erboso. Cade si fermò e si girò a guardarmi, sfoderando uno dei suoi sorrisini devastanti.

Stare con lui era allo stesso tempo familiare e nuovo. Forse perché era un familiare diverso, inedito, intenso. Quel suo sorriso riusciva sempre a farmi lo stesso effetto. Sentii un forte desiderio liquido scorrermi nelle vene e le farfalle allo stomaco. Abbassò il cavalletto e spense il motore. In un attimo, si girò completamente sul sellino.

Mi slacciò il casco, sfilandolo con cura e agganciandolo in seguito al manubrio. Provai a ricambiare il favore, ma mi batté sul tempo.

Restammo seduti in silenzio per un momento. Le mie orecchie si abituarono all'assenza del rombo del motore, concentrandosi sui cinguettii degli uccelli tra gli alberi e lo scroscio dell'acqua che si infrangeva sulla costa.

Cade si voltò a osservare l'oceano. La baia di Turnagain era uno stretto proseguimento della baia di Cook. Le montagne sull'altra sponda erano così vicine che sembrava si potessero toccare. I gabbiani stridevano nel cielo, una macchia di fiori rosa spuntava sul bordo tra erba e sabbia, e la brezza trasportava l'odore salmastro dell'oceano.

"Mi ero dimenticato quanto fosse bello," disse con tono basso Cade, girandosi di nuovo verso di me.

"Non venivo qui dall'ultima volta che mi ci hai portata."

La voce mi uscì roca, mentre un'intensa emozione mi travolgeva all'improvviso. Lacrime calde mi bruciavano gli occhi, una morsa mi attanagliava il cuore. Quando era in California ci avevo messo tutta me stessa per non pensare a lui. Ero rimasta aggrappata alla mia rabbia per tenermi a galla, altrimenti sarei sprofondata in un tenebroso abisso. Purtroppo, non solo non ero stata in grado di dimenticarlo, ma per colpa della mia ostinata determinazione a tenerlo fuori dalla mia vita avevo anche impedito a me stessa di scoprire la verità. Avevo anche preferito evitare di visitare alcuni luoghi — luoghi legati al nostro passato insieme. Quel posticino sperduto, che avevamo rinominato *Spiaggia Ancóra* perché ci tornavamo ancora e ancora, era fra quelli.

Ed eccoci lì — ancora — dopo sette anni che non ci avevo più messo piede. Ovviamente era tutto perfetto, perché ero con Cade. Mi guardò in silenzio, con aria preoccupata.

"Davvero non ci tornavi da così tanto tempo?"

La sua domanda mi colpì come una valanga.

Deglutii nervosamente e mi morsicai il labbro,

annuendo prima di distogliere lo sguardo. Non riuscivo a sostenere quel suo sguardo così intenso. Odiavo sentirmi così vulnerabile e messa a nudo, per quanto succedesse raramente. Peggio ancora, mi ero impegnata tantissimo a creare una corazza impenetrabile dopo aver sofferto così tanto a causa sua. La mia testardaggine era diventata la mia peggior nemica, ma quella nuova consapevolezza non aveva cancellato il tempo o i meccanismi di difesa che avevo sviluppato.

Mi passò il pollice sul labbro inferiore e il mio sguardo tornò a posarsi su di lui.

"Ehi, tutto bene?" domandò.

Annuii, un po' troppo di scatto. Feci un respiro profondo, lasciando cadere le spalle.

"Sì e no," dissi infine. "Sì, perché sono felice che tu sia tornato e di averti con me. No, perché mi sento un'idiota per essermi incazzata così tanto quella mattina da non volerti più parlare."

La sua espressione si fece pensierosa. Dopo un momento, si strinse nelle spalle. "Purtroppo è andata così, ma siamo stati testardi entrambi. Avrei potuto insistere di più. E sicuramente la lontananza non ha aiutato. Però non possiamo cambiare il passato." Fece una pausa, ragionando su cosa dire. "Ho seguito il tuo consiglio."

Nel vedere la confusione sul mio volto, si spiegò meglio. "Ho mandato a quel paese Shannon."

Scoppiai a ridere. "Oh, mio Dio! Sul serio? E come l'ha presa?"

"Sicuramente non molto bene, ma non le ho dato il tempo di rispondere. Non abbiamo nulla di cui parlare. Onestamente..." Fece una pausa, mi prese per mano. "Non so che cazzo voglia da me. Non mi è mai piaciuta tanto come persona, ma mi sono per caso perso qualcosa? Non mi sembrava fosse successo niente. Ma tutto d'un tratto, lei si infila nel mio letto e tu mi abbandoni. Non le parlavo da quel giorno, dopo averla mandata a fare in culo." Il suo cipiglio si rilassò e sorrise. "La stronzaggine di Maisie ha aiutato molto. Non le ha permesso di superare l'ingresso — grazie a Dio — e poi si è offerta di farle il culo, in caso ce ne fosse bisogno. Oh, ha pure detto che sa fare a botte."

Risi così forte che mi vennero le lacrime agli occhi. Quando ripresi fiato, guardai Cade. "Se non si trattasse di Maisie, penserei che stai esagerando, ma in questo caso non ne dubito affatto." Mi passai l'orlo della manica sulle guance per asciugarmi le lacrime e feci un respiro profondo, godendomi l'aria fresca dell'oceano. "Non so cosa voglia Shannon. Sinceramente, dopo quello che è successo ho come applicato un filtro a ogni conversazione su di te. Non le ho più parlato. Devo chiedere a Lucy se sa qualcosa. In questo periodo però non riesco a pensare ad altro che te, sai, quindi ancora non ho chiesto informazioni..." Finii con una scrollata di spalle, arrossendo sotto il suo sguardo.

Mi lasciò andare la mano e mi toccò i fianchi. "Quindi va tutto bene? Non sei preoccupata per il siparietto che ha fatto oggi?"

Volevo fare finta di niente. Ma purtroppo il mio cuore non sentiva ragioni, quindi mi era impossibile. Le mie insicurezze rischiavano di avere di nuovo la meglio.

Era come se stesse provando a leggermi nel pensiero, o forse nel cuore. I suoi occhi studiarono il mio volto e fece un respiro profondo. "Non puoi preoccuparti ancora per lei. Sai che tra di noi non c'è stato nulla, vero? Nulla," disse con veemenza.

Mi morsicai l'interno della guancia. Odiavo sentirmi ancora così insicura. Ovviamente credevo alle sue parole e ormai era anche diventato chiaro come il sole che tra lui e Shannon non ci fosse mai stato niente. Eppure, le vecchie abitudini sono dure a morire. Quel presunto tradimento mi aveva segnata così a fondo da fare ancora male. Lo guardai e nei suoi occhi non scorsi altro che una tenerezza travolgente, quindi scacciai quelle stupide insicurezze che non volevano lasciarmi in pace. "Lo so, lo so. Proprio come tu non sopportavi di vedermi con Earl nonostante sapessi benissimo che non c'era niente sotto, a me non piace sapere che Shannon è tornata perché non so cosa aspettarmi da lei. Non riesco a controllarlo."

Annuì lentamente, un sorrisetto furbo che incurvò le sue labbra. "No, immagino."

Feci un altro respiro profondo e provai a ricompormi. "Ma adesso basta parlare di queste cose. Non ci porterà da nessuna parte, dato che non riesco a pensare lucidamente," dissi con una risatina.

"Sicura? Perché io sono disposto a parlarne quanto vuoi, se può aiutare."

Dal suo sguardo capii che era sincero. Conoscendo Cade, che preferiva sempre rintanarsi dietro una corazza di puro menefreghismo, amavo poter vedere quel suo lato più sensibile. Non era un uomo di molte parole. Preferiva sempre l'azione.

"Sicura." Sollevai una mano per accarezzargli il viso.

Il suo sguardo si fece più intenso e fece scivolare le mani dai fianchi fino ai lati del seno. Rimasi senza fiato, mentre una sensazione di calore mi divampava tra le gambe.

"Bene, perché non mi va proprio di continuare a parlare di lei," disse, con una voce roca che mi fece venire la pelle d'oca.

Con il cuore a mille, me lo mangiai con gli occhi. Santo cielo. Era irresistibile. Al di là del desiderio palese e insaziabile che provavo per lui, era un vero maschio alfa, ma assolutamente non in senso sgradevole. Era seduto lì, a pochi centimetri da me, con i jeans scuri che gli aderivano alle gambe come un guanto e una maglietta nera sotto una giacca nera in pelle. Con quei suoi ricci castani spettinati e gli occhi verdi puntati su di me, mi sarei potuta sciogliere da un momento all'altro. Riuscivo a sentire il calore umido tra le mie cosce e il cuore martellare contro le costole.

Dopo un momento mi accarezzò la schiena, intrecciando le dita ai miei capelli per poi premere la bocca sulla mia. In un attimo, i nostri sensi andarono a fuoco. Baciarlo mi faceva impazzire. I suoi baci erano impetuosi e umidi, soavi e delicati, e tutto quanto insieme — affondava la lingua nella mia bocca per colpi sempre più profondi, mi mordicchiava le labbra, me le accarezzava con la lingua. Nel frattempo, aveva le mani impegnate con i miei capezzoli, spostandosi dalla mia bocca per lasciare una scia infuocata di baci sul collo e fino alla scollatura. Si allontanò leggermente per abbassarmi la maglietta e slacciarmi il reggiseno. Un gemito mi sfuggì dalle labbra quando Cade si chinò per prendere un capezzolo tra le labbra e iniziò a succhiarlo, portandomi quasi all'orgasmo.

Riusciva sempre a spingermi al limite, a farmi provare piaceri immensi. Quando prese in bocca l'altro seno, il capezzolo turgido per l'eccitazione, lanciai un gridolino e affondai le dita tra i suoi capelli, sentendo la necessità di reggermi a qualcosa. Il contrasto dell'aria fresca sulla mia pelle umida non fece altro che alimentare il fuoco che mi bruciava dentro.

Mi resi conto di essermi messa a cavalcioni su di lui soltanto quando un veicolo in avvicinamento mi fece riprendere i sensi. Quando Cade sentì lo stesso rumore, alzò la testa e mi sollevò la maglietta.

Abbassai lo sguardo e trattenni una risata. I capezzoli umidi erano ben visibili attraverso la maglietta e il reggiseno era tutto storto. Si allontanò appena in tempo, il tanto da non destare sospetti, quando un pick-up malconcio uscì da dietro gli alberi.

Cade mi guardò negli occhi, con una scintilla di malizia. "Ci facciamo una passeggiata?"

Scossi la testa.

"Come no? Ma era da secoli che non tornavamo qui."

Dall'auto uscirono due uomini in tenuta da pesca. Ci salutarono mentre toglievano dell'attrezzatura da pesca dal bagagliaio. Scomparvero momentaneamente alla vista quando intrapresero il breve sentiero ripido che portava all'acqua. In un batter d'occhio, buttarono l'amo.

Di nuovo soli, guardai Cade. Fremente di desiderio, mi avvicinai e sfiorai le sue labbra con le mie. "Niente passeggiata."

Il calore delle sue mani che mi accarezzavano le cosce mi fece quasi perdere la testa. Gli sarei saltata volentieri addosso. "Rimandiamo soltanto se mi prometti che ci torneremo presto," mormorò contro la mia bocca.

Ci volle tutto il mio autocontrollo per restare ferma dov'ero, dato che non avevo alcuna intenzione di dare spettacolo.

"Promesso," sussurrai.

Cade si spinse via e passò una gamba sul sellino per girarsi. Mi restituì il casco e indossò il suo. In pochi secondi, il motore della moto prese vita, quel rombo profondo che in quei sette anni avevo spesso associato a Cade, nonostante tutti i chilometri di lontananza.

Capitolo Ventotto

CADE

Mi appoggiai alla testata del letto e guardai verso il bagno. Amelia era sulla porta a lavarsi i denti.

"Quando hai detto che devi andare a Fairbanks?" chiese con voce chiara, nonostante lo spazzolino in bocca.

Prima che potessi rispondere, si girò e corse al rubinetto per il risciacquo. Non c'era niente di meglio che vedere Amelia girare per la casa nuda mentre si preparava per andare a letto. Ci rimasi male quando prese una delle mie magliette e se la infilò prima di scivolare accanto a me sul letto.

"Non mi hai risposto," disse mentre si sistemava le coperte e prendeva il telecomando.

"Dopodomani," risposi. Poi si appoggiò su di me, incastrando il piede sotto il mio polpaccio e premendo pigramente i tasti del telecomando sul mio petto.

Dopo essere tornati a casa dal giro in moto, ci eravamo praticamente strappati i vestiti di dosso. Avevamo cenato con degli avanzi di pizza e poi ci eravamo buttati sotto la doccia. Chiusi gli occhi, gustando il contatto dei nostri corpi.

"Per quanto tempo stai lì?" chiese in seguito.

"Tre giorni," risposi, aprendo gli occhi per guardarla.

"Lamentarmi non serve a nulla, vero?" domandò, con un sorriso triste sulle labbra.

Risi. "Puoi lamentarti quanto vuoi, ma purtroppo è il mio lavoro. Dopo aver conseguito queste certificazioni obbligatorie dovrò partire soltanto per rispondere alle emergenze."

Sospirò e girò la testa verso il televisore. In quelle poche settimane passate insieme avevamo ripreso l'abitudine di guardare la televisione prima di metterci a dormire. Per quanto fosse tutto così bello, sentivo che la mia partenza la turbava. Ma la capivo, perché anche io mi sentivo così. Ci eravamo ritrovati da così poco e ci stavamo ancora muovendo su un terreno instabile che sarebbe potuto crollare sotto i nostri piedi al minimo imprevisto.

Le passai le dita tra i capelli.

"Lo so," disse sottovoce.

Dopo qualche minuto sentii il suo respiro farsi regolare. Le tolsi il telecomando di mano e lo appoggiai sul comodino, prima di spegnere la lampada. Appoggiai la testa ai cuscini. Senza svegliarsi, il suo corpo si lasciò andare contro il mio.

Guardai il panorama sotto di me. Avevo appena finito il mio terzo giorno di formazione a Fairbanks, tre giorni di noiosissime stronzate amministrative. Il mio lavoro mi faceva sentire vivo, amavo ogni suo aspetto. Ovviamente non amavo mettere la mia squadra in pericolo, ma a volte era necessario. L'unica cosa che mi dava noia era il lavoro d'ufficio. Amelia mi mancava da impazzire e non vedevo l'ora di tornare da lei a Willow Brook.

Quando stavo per prendere l'aereo del ritorno, la mia squadra era stata chiamata per aiutare con un incendio in Alaska centrale. Lo Stato aveva molte distese di foreste, quindi era normale che scoppiasse qualche incendio. Quello di cui ci stavamo occupando stava dilagando rapidamente, diretto verso un gruppetto di comunità del centro.

Le montagne svanivano sullo sfondo, lasciando spazio a foreste intramezzate da campi. Guardai il pilota.

"Sai quanto ci vorrà ancora?" domandai.

Fred Banks, un uomo gioviale, rispose senza mai distogliere lo sguardo da davanti a sé. "Direi ancora una mezzoretta. Mi fermo vicino a un lago non troppo distante. L'altro giorno ho visto che hanno stabilito lì la base. È da molto che sei in Alaska?"

"Oh, sì. Sono nato e cresciuto a Willow Brook."

Fred mi guardò sfoderando un sorriso, un luccichio negli occhi in mezzo al volto scavato dalle intemperie. "Pensavo ti avessero trasferito qui, dato che Beck mi ha detto che hai fatto la formazione in California. Errore mio."

Mi strinsi nelle spalle. "È comprensibile. Sono rimasto lì per sette anni, quindi sono stato via per un bel po'. Però non sono mai stato in quella zona. Ho fatto molte escursioni e battute di pesca in giro per l'Alaska, ma non lì."

"È una terra completamente selvaggia. Immagino tu sappia che per colpa dei coleotteri questi incendi sono ogni anno sempre più devastanti. Questo qui hanno provato a domarlo le squadre locali, ma ormai è incontrollabile."

Normalmente mi sarei diretto sul luogo con la mia

squadra da Willow Brook e più probabilmente in elicottero, piuttosto che in aereo. Ma a Fairbanks non c'era più alcuna disponibilità, quindi Maisie aveva trovato Fred e aveva prenotato un volo per raggiungere la mia squadra sul posto.

Guardai fuori dal finestrino del piccolo aereo, osservando il paesaggio collinare punteggiato di laghi. Avevo chiamato Amelia prima della partenza, detestando assolutamente non poterla vedere prima dell'incarico. Sicuramente mi sarei dovuto abituare a lasciarla a casa per rispondere alle emergenze, ma non ne ero affatto contento.

Solo pensare a lei mi fece battere forte il cuore. Mi mancava così tanto da star male, una sensazione che non immaginavo avrei più provato. Mi scrollai di dosso quei pensieri, perché in quel momento non potevo permettermi di averli.

Fred aveva ragione. In mezz'ora, atterrò l'idrovolante sul lago che in altre circostanze avrei sicuramente trovato molto pittoresco, ma in quel momento gli alberi e il terreno che lo circondavano erano carbonizzati. L'incendio era passato in quella zona più o meno una settimana prima e nel frattempo si era esteso rapidamente su più di quattrocento ettari. Lo stavo tenendo d'occhio a distanza e mi aspettavo che ci avrebbero chiamati in caso non fossero riusciti a domarlo.

Dopo essere atterrati, Fred si avvicinò al pontile galleggiante sulla riva del lago. Mi aiutò a scaricare l'attrezzatura e mi seguì verso un gruppetto di tende. In pochi minuti, stavo già parlando con il caposquadra della caserma di Fairbanks. Poi contattai la mia squadra, che sarebbe dovuta arrivare in neanche un'ora.

Il tempo passava rapido, mentre una squadra dopo l'altra si dava il cambio; gli elicotteri scendevano a fare rifornimento d'acqua sul lago e io mi preparavo per raggiungere la sezione d'incendio assegnata alla mia squadra.

Quella notte, con un cielo debolmente illuminato e l'aria satura di fumo, mi appoggiai contro un masso e guardai Levi Phillips, porgendogli una barretta proteica. "Ne vuoi un'altra?" chiesi.

Levi mi rivolse un sorriso stanco e la accettò. "È pazzesco. Sono davvero buonissime quando stai morendo di fame."

Annuii e mi asciugai il volto con la manica. Avevamo lavorato sodo tutto il pomeriggio per creare una fascia tagliafuoco. Dato che nella zona passava un fiume largo e poco profondo, l'avevamo usato come barriera naturale, eliminando poi tutti i materiali infiammabili nei dintorni. C'erano anche altre due squadre a occuparsi del contenimento del violento incendio. Ero così impegnato che per fortuna ero riuscito a togliermi dalla testa Amelia, ma a fine giornata quel senso di mancanza mi colpì di nuovo.

"È strano pensare che è già passata la mezzanotte," commentò Levi.

Guardai il cielo. In quella zona dell'Alaska, durante alcuni giorni d'estate il tramonto era pressoché inesistente. Ormai quel periodo era passato, ma probabilmente quella notte non ci sarebbero state molte ore tra il tramonto e l'alba. Le stelle brillavano nel cielo scuro, mentre la luna era visibile in lontananza, dietro la cortina di fumo che si estendeva a vista d'occhio.

"Già. Anche se sono abituato alle giornate lunghe e le notti brevi, a Willow Brook non c'è così tanta luce."

Levi trattenne una risata. "A Juneau non c'è sicuramente così tanta luce, dato che è ancora più a sud."

Guardai gli altri ragazzi. Ci eravamo sistemati vicino al fiume e alcuni di loro si erano già messi a dormire nei sacchi a pelo. Avevo avuto abbastanza tempo per conoscerli. Erano ragazzi in gamba che lavoravano molto bene insieme. Levi era uno dei leader della squadra, posato, affidabile e imperturbabile. Tutti lo rispettavano e gli davano retta, quindi era un'ottima risorsa.

Ero esausto, quindi decisi di mettermi a dormire. "Ti dispiace restare di guardia?" chiesi a Levi.

Annuì mentre beveva un lungo sorso d'acqua. "Certo," disse quando mise giù la bottiglia.

"Io e Thad siamo animali notturni. Ci pensiamo noi al primo turno."

Annuii e mi alzai per andare a infilarmi nel sacco a pelo. Osservai il cielo per qualche minuto, pensando che l'ultima volta che avevo dormito sotto le stelle era stato con Amelia.

Capitolo Ventinove

AMELIA

Iniziai a sbattere i guanti da lavoro sulla gamba per ripulirli dalla terra. Poi guardai Lucy, accanto a me e con le mani sui fianchi, mentre esaminavamo il nostro lavoro.

"Sicura che quella strana finestra ad angolo non sarà un incubo?" chiese, girandosi verso di me. Aveva la guancia sporca di terra, i capelli biondi legati in una coda di cavallo e l'aria esausta come la mia.

Ci eravamo spaccate la schiena per finire la struttura della casa. Senza Cade e con un dolore perenne al cuore, quasi viscerale, avevo dedicato tutta me stessa al lavoro. Guardai il punto di cui parlava Lucy. I proprietari volevano una finestra ad angolo, una specie di finestra a golfo alla seconda. Non era molto comune e richiedeva alcuni angoli in più, ma la cosa non mi preoccupava.

"Ma no. La parte più difficile ce la siamo tolte di mezzo oggi," risposi stringendomi nelle spalle.

Lucy alzò gli occhi al cielo. "Già, ed è stata una tortura."

"Certo, ma ormai abbiamo finito."

Lucy guardò l'orologio e poi di nuovo me. "Cavolo, sono quasi le nove. Ora che non c'è Cade stai lavorando come una matta. Per fortuna non ho una vita sociale."

Risi e mi diressi verso il furgone. "Certo che ce l'hai una vita sociale. Fingi solo di non averla."

Lucy mi seguì. "In verità no. Esco praticamente solo con te e una manciata di altre persone. E da quando è tornato il tuo amore, usciamo sempre più raramente. Per quanto odiassi Earl, almeno con lui non facevi mai nulla. Tu e Cade siete sempre appiccicati," brontolò bonariamente.

Lanciai i guanti sul retro del furgone e presi la cassetta degli attrezzi che aveva raccolto Lucy da terra. Mi appoggiai al furgone e la guardai. "Scusami se ti ho trascurata."

Il suo sguardo si addolcì. "Ehi, stavo scherzando. Sono davvero felice per te. Si vede benissimo che Cade ti adora. Devo solo farci l'abitudine. Anche se prima non eri single, con Earl era un po' diverso. Adesso la mia migliore amica ha una vita e devo farmene una ragione."

Sentii le guance in fiamme e fui grata della debole luce notturna. "È così bello avere di nuovo Cade a casa, quindi ho tagliato fuori tutto il resto. Mia madre è passata a trovarmi ieri sera e ha detto più o meno la stessa cosa. Vediamo di farci un'uscita insieme almeno una volta alla settimana. Domani cerchiamo di finire di lavorare a un orario un po' più decente, così poi andiamo a mangiarci qualcosa al Wildlands."

Lucy sfoderò un sorriso e mi abbracciò. Quando mi lasciò andare, mi guardò con un dolce calore negli occhi. "Lo sai che stavo scherzando, sì?"

"Lo so, ma hai ragione. Anche se tra me e Cade sta andando tutto benissimo, non posso permettergli di controllare la mia vita." Feci una pausa e la guardai. "E tu invece, hai intenzione di frequentare qualcuno? Uomo, donna, pesce, orso? Il primo che capita?"

Scoppiò a ridere e mi diede un colpo al braccio. "Non ho ancora trovato nessuno per cui valga la pena mettermi in gioco. Gli orsi, i pesci e le donne non sono il mio tipo. Ma nemmeno gli uomini mi fanno chissà che grande effetto. Forse sono troppo me stessa."

Trattenni una risata. "Saresti troppo *te stessa*? E cosa cavolo vorrebbe dire?"

Lucy incrociò le braccia e scrollò le spalle. Si stava mettendo sulla difensiva. Negli ultimi anni era diventata la mia migliore amica, ma c'erano *cose* di cui preferiva non parlare, soprattutto le relazioni sentimentali. La conoscevo abbastanza da poter supporre che qualcosa fosse andato storto prima che si trasferisse a Willow Brook, alle superiori, ma non mi aveva mai accennato nulla ed era bravissima a evitare l'argomento.

Sarà stato a causa del lampo di consapevolezza che mi aveva colpita quando stavo per sposare un uomo che non avevo mai amato e che non mi aveva mai amata, sarà stato il fatto che quello mi sembrava il momento giusto per provare a scoprire cosa la turbava, quindi quando distolse lo sguardo continuai a insistere. "Davvero, Lucy. Non me ne fregherebbe nulla se mi dicessi che vuoi restare single per tutta la vita o che sei un alieno che non può accoppiarsi con gli umani, ma il problema non è quello. Sei una ragazza fantastica e divertente. Anche se ti vesti come un uomo sei davvero bellissima, e non azzardarti a negarlo. So che è successo qualcosa e non devi sentirti costretta a raccontarmelo, ma non puoi permettere che controlli la tua vita. Ti capisco, perché è successo anche a me. Può sembrare di poco conto, ma dopo il casino con

Cade ero davvero a pezzi. Quell'evento ha influenzato tantissime scelte della mia vita e ho rischiato di commettere un errore madornale. Non so perché pensi che non ci sia nessuno per cui valga la pena mettersi in gioco. Forse è così, ma quando decidi di non provarci, dev'essere perché è quello che vuoi, non perché hai paura."

Rimase immobile alle mie parole, talmente immobile che temetti di aver frainteso. "Ehi, senti..."

Scosse la testa con decisione, i suoi occhi azzurri che brillavano nella debole luce. "Tranquilla. Anche io ti avrei detto qualcosa del genere se i ruoli fossero stati invertiti. Mi sono sentita in colpa per non aver provato a persuaderti dallo sposare Earl. Se fossimo state amiche quando stavi con Cade, probabilmente l'avrei fatto."

Lucy era una ragazza minuta, ma dimenticavo spesso quanta forza avesse dentro. Era tenace, sicura di sé, indipendente. Ma in quel momento aveva l'aria vulnerabile. Dilatò il petto in un respiro profondo.

Distolse lo sguardo per qualche istante. "Magari un giorno ne parleremo meglio, ma per il momento diciamo solo che ho passato un periodo terribile alle superiori. Trasferirmi qui è stato bellissimo, perché nessuno mi conosceva e mi lasciavano praticamente tutti in pace, per fortuna."

Non sapendo cosa dire, mi avvicinai ad abbracciarla, provando a stringerla con tutta la forza che usava lei quando lo faceva. La lasciai andare e notai che il suo viso aveva ripreso un'espressione più allegra. Si morse l'interno della guancia e mi guardò. "Guidi tu?"

"Certo." Tirai fuori le chiavi dalla tasca e mi misi al volante.

Poco dopo arrivammo al parcheggio dell'ufficio. Lucy mi salutò e salì in macchina per tornare a casa.

Controllai di aver chiuso tutto e mi misi anche io in macchina, diretta verso il supermercato. In quei pochi giorni senza Cade ero tornata alle mie vecchie abitudini. Preferivo mangiare cibo da asporto e giusto una cosa al volo per cena. Quando c'era Cade ci divertivamo a cucinare insieme, ma senza di lui non ne avevo molta voglia.

Prima di tornare a casa mi fermai al supermercato. Tra un reparto e l'altro, ridevo di me stessa perché continuavo a scegliere ingredienti per piatti che volevo preparare insieme a Cade, nonostante non sapessi nemmeno quando sarebbe tornato a casa. Mentre gironzolavo tra le verdure sentii qualcuno fermarsi dietro di me. Mi girai e vidi Shannon. Un'ondata di rabbia mi pervase. Poi mi sentii quasi mancare, destabilizzata. Odiavo che riuscisse a farmi quell'effetto.

I suoi lunghi capelli scuri erano portati indietro da una fascia azzurra, che si abbinava ai suoi occhi. Con una mano sul fianco, mi guardò. "Ciao," disse.

La fissai, sforzandomi di soffocare la nausea e senza sapere cosa dire. Un tempo Shannon era stata mia amica, o perlomeno così avevo creduto. Eravamo cresciute entrambe a Willow Brook. Eravamo state molto legate alle medie e alle superiori. Avevamo poi intrapreso strade diverse all'università, perdendoci di vista, ma non avrei mai neanche lontanamente immaginato che ci avrebbe provato con Cade. Mentre pensavo a cosa dire, mi resi conto che non le dovevo proprio niente. Inoltre, non riuscivo nemmeno a guardarla in faccia. Nonostante tutto, tutti quei vecchi dubbi che aveva insinuato nella mia mente erano ancora lì. Io e Cade ci eravamo rimessi insieme da troppo poco tempo ed ero ancora terrorizzata al pensiero di riporre troppa fiducia nella nostra relazione, dopo quello che era successo l'ultima volta. Dopo qualche secondo, mi voltai per allontanarmi.

Mi fermai di scatto quando sentii la mano di Shannon avvolgersi attorno al mio braccio. Mi liberai con un movimento secco e mi voltai verso di lei. "Non ti azzardare."

Shannon scosse la testa, le guance rosse e gli occhi infuriati. "Vedi di crescere un po', Amelia. Hai intenzione di passare la vita a fingere che non esista?"

Rimasi a bocca aperta. "Shannon, so che hai orchestrato quel tradimento con Cade. So che erano tutte menzogne. Dovresti sentirti fiera di te stessa, dato che ha funzionato. Ma adesso conosco la verità. Lasciami in pace. E lascia in pace anche Cade."

Scosse la testa disgustata, con un lampo strano negli occhi. "Credi pure quello che vuoi. Cade se n'è andato di nuovo, vero?"

Mi costrinsi a mantenere un'espressione impassibile, ma mille pensieri mi frullarono subito per la testa. Come faceva a saperlo?

Tamburellò le dita sull'impugnatura del carrello, le labbra incurvate in un ghigno. "Ti starai chiedendo come faccia a sapere dov'è Cade. Perché non continui a rifletterci ancora un po'?"

Non potevo permetterle di avere le redini della situazione. Con lo stomaco chiuso per la rabbia, cercai di mantenere la calma. Senza dire una parola, mi girai e me ne andai. Avrei tanto voluto correre, ma non lo feci. Un passo dopo l'altro, mi avviai verso la cassa.

Riuscendo a non perdere la calma, pagai e attraversai a passo svelto il parcheggio. Riposi la spesa sul sedile del passeggero e mi misi al volante. Mi arrivò una notifica e mi tolsi il telefono di tasca. Lo sbloccai subito quando vidi un messaggio di Cade.

Ehi, piccola, finalmente c'è campo. Dovrò restare come minimo per altri tre giorni. Mi manchi.

Non riuscii più a trattenermi. Quel messaggio avrebbe dovuto rendermi felice. Invece, la mia mente si riempì di tutti quei dubbi e insicurezze che avevo tanto provato a soffocare. Vedere Shannon mi aveva procurato dolore fisico. Avevo la mente in subbuglio e non volevo altro che tornare a casa e dimenticare tutto quanto. Il cuore mi batteva all'impazzata e mi sentivo mancare l'aria. Non potevo amare qualcuno così tanto e cadere a pezzi in quel modo. Continuai a ripetermi che Shannon si stava solo divertendo a incasinarmi la testa.

Per colpa dell'inquietudine asfissiante, non risposi al messaggio di Cade.

Capitolo Trenta

CADE

Il vento trasportava intorno a noi il calore del fuoco. Ci stavamo impegnando per completare il prima possibile la fascia tagliafuoco vicino al fiume. Nonostante fossi ormai esausto, continuavo a buttare giù arbusti e cespugli. Sapevo che anche i miei ragazzi erano allo stremo. Per due giorni, l'incendio si era spostato nella direzione opposta, ma per nostra immensa sfortuna il vento era cambiato di nuovo due sere prima. Non dormivo da più di ventiquattr'ore, con poche e brevi pause durante il lavoro estenuante.

Stavo lavorando così rapidamente che mi resi conto soltanto all'ultimo momento di essere arrivato a una scogliera. Mi fermai e alzai lo sguardo sulla parete rocciosa. Il nostro lavoro lì era finito, quindi non potevamo fare altro che tornare indietro e incrociare le dita. Mi voltai di nuovo e vidi in lontananza le fiamme che si levavano alte nel cielo caliginoso. Il rumore delle eliche di un elicottero rimbombava nell'aria, mentre rilasciava liquido ritardante sul fuoco.

Quando il resto della squadra mi raggiunse, contattai la base e feci rapporto. "Rimaniamo qui finché non si libera un elicottero per venire a recuperarci. La nostra fascia sta reggendo, quindi questa dovrebbe essere la nostra ultima notte. Se è così, la passiamo alla base e dopodomani torniamo a casa," dissi, guardandoli. I loro visi erano coperti di fuliggine, polvere e sudore.

Levi era in mezzo a loro, con una mano su un fianco e il borsone caricato su una spalla. "Nell'attesa possiamo riposare un po'?" chiese.

"Non c'è molto altro che possiamo fare," risposi. "L'incendio non si è ancora arrestato e dato che il vento sembra starsi calmando non è riuscito a superare il fiume, quindi speriamo che la fascia regga." Voltai lo sguardo oltre il fiume, verso le fiamme che divampavano in lontananza. Poi mi girai di nuovo verso i ragazzi. "Abbiamo fatto un ottimo lavoro, così come la squadra di Fairbanks sul lato più vicino a Chena. Se le fasce tagliafuoco reggono, dovremmo riuscire a domare l'incendio."

Vidi qualche sorriso stanco, anche se sapevo benissimo che erano esausti quanto me, che ero ormai allo stremo delle forze. In pochi minuti, ci sistemammo lungo il fiume, a mangiare barrette proteiche e tracannare acqua. Nessuno aveva le forze per parlare. Mi appoggiai contro un masso e la mia mente vagò subito verso Amelia. Ero stato troppo impegnato a tenere a bada l'incendio per pensare a lei, ma in quel momento tutta l'angoscia che avevo dimenticato tornò a galla. Non aveva risposto al mio messaggio. In quella zona non c'era campo. Per controllare se nel frattempo avevo ricevuto qualcosa, avrei dovuto aspettare l'elicottero.

Mi ero appisolato e mi svegliai di soprassalto quando sentii il rumore assordante di un elicottero che stava atterrando poco distante. Mi tirai su e vidi il pilota uscire e salutarci. Non ero l'unico a essersi addormentato. Mi alzai a radunare i ragazzi, colpendo con lo stivale quelli che non si svegliavano, e portammo l'attrezzatura sull'elicottero. Il problema di quel genere di missioni era la spossatezza, che rendeva pericoloso anche solo chiudere gli occhi.

Il pilota ci sorrise e mi diede una pacca sulla spalla. "Avete lavorato fin troppo. Quel vento è stato terribile."

Annuii stancamente. "Noi non avremmo problemi a continuare, ma sembrerebbe che per il momento non ci sia più bisogno di noi. Com'è la situazione?"

"Alcune zone sono ancora devastate, ma il contenimento sta funzionando. L'incendio è stato ridotto di diversi ettari," rispose il pilota.

Iniziò a caricare rapidamente l'attrezzatura nella stiva. In neanche cinque minuti, salimmo tutti a bordo e iniziammo a prendere quota.

Smisero tutti di parlare quando il motore iniziò a ronzare e le eliche a sferzare l'aria. Una volta in volo, appoggiai la testa e chiusi gli occhi, con un sospiro. Nonostante fossi in condizioni fisiche eccellenti, necessarie per un lavoro del genere, dopo due giorni di lavoro incessante il mio corpo era completamente spossato.

Neanche un'ora dopo, sentii il pilota parlare in radio e sollevando la testa vidi la base vicino al lago. Frugai nello zaino per prendere il telefono. Dopo averlo acceso, impiegò un minuto per trovare campo. In qualche secondo, apparì la notifica di un messaggio che Amelia aveva inviato qualche ora dopo il mio. Un'ondata di sollievo mi travolse e lo lessi subito.

Perché Shannon sa quello che fai e non fai?

Capii che c'era sicuramente qualcosa che la turbava. Ma cosa? Che cazzo significava? Non c'era stato assolutamente *niente* tra me e Shannon prima che si infilasse nel mio letto per farsi scoprire da Amelia. Imprecando, guardai fuori dal finestrino. Mi si strinse lo stomaco. Sapevo che non sarei riuscito a tornare da Amelia prima di un paio di giorni.

Guardai lo schermo e vidi un altro messaggio inviato qualche ora dopo il primo.

Sto cercando di mantenere la calma, ma proprio non capisco perché Shannon sappia dove ti trovi. C'è qualcosa che non mi hai detto? Perché non penso che potrei sopportarlo.

Imprecando, mi passai una mano tra i capelli. Cazzo, cazzo, cazzo. Lo sapevo che Shannon stava tramando qualcosa, infatti non mi ero mai fidato di lei. Mai. Era un'esperta manipolatrice. Purtroppo però, ero intrappolato in un elicottero, alla mercè del tempo e della disponibilità dei piloti che dalla base avrebbero potuto portarmi a Fairbanks e poi ad Anchorage, da cui sarei tornato a casa in macchina.

Mi guardai intorno. Tutti dormivano tranne Levi, seduto davanti a me, che ammirava il panorama. Decisi di imitarlo per distrarmi un po'. Dall'alto si vedevano diverse zone in fiamme, con vaste aree di alberi e terreno bruciati che si estendevano a vista d'occhio. Il fiume si snodava nel paesaggio annerito come un nastro. Nel cielo, si vedevano altri elicotteri in lontananza.

Guardai di nuovo il telefono e soffocai la rabbia e la frustrazione che mi attanagliavano. Feci un respiro profondo e iniziai a scrivere. Eravamo già stati divisi dalla nostra testardaggine e dal dolore. Non avrei mai permesso che accadesse di nuovo.

Non so cosa ti abbia detto Shannon o che voci tu abbia sentito. Non c'è NIENTE tra di noi e non c'è MAI stato. Non so cosa cazzo ti abbia detto, ma immagino si sia inventata

*qualcosa, quindi non darle retta, ti prego. Fra un paio di
giorni dovrei essere a casa. Ricordati sempre che ti amo.*

Inviai il messaggio e tenni il telefono in mano. Quanto avrei voluto poter essere a casa da lei, perché per telefono mi sentivo impotente. Non sarei riuscito a riversare tutti i miei sentimenti in un messaggio. Volevo abbracciarla e farle capire quanto la amavo di persona. Con un respiro profondo, portai indietro la testa, risollevandola non appena sentii la vibrazione del telefono.

Impossibile inviare.

Merda. Cercai di non perdere la calma, ma quel cazzo di messaggio doveva arrivarle a tutti i costi. Lo riaprii e lo inviai di nuovo.

Passò qualche secondo.

Impossibile inviare.

Capitolo Trentuno

AMELIA

Mi ripulii gli stivali e aprii la porta del Firehouse. Lucy era alle mie spalle, l'inconfondibile tonfo dei suoi scarponi sulla soglia. Per colpa della pioggia, avevamo dovuto interrompere i lavori, quindi avevamo deciso di andare a mangiare qualcosa.

Dopo aver ordinato ed esserci sedute a un tavolo con dei caffè caldi per scaldarci le mani ormai quasi insensibili, mi appoggiai allo schienale sospirando. "Mamma mia. L'estate è proprio bella, ma quando piove sembra già autunno."

"In Alaska è estate solo quando c'è il sole," rispose Lucy fermamente prima di bere un sorso di caffè.

I suoi grandi occhi azzurri mi studiarono attentamente. "Ok, che succede?" chiese di punto in bianco.

"Eh?" risposi di riflesso. Ovviamente Lucy notò subito che c'era qualcosa che non andava, ma era una cosa talmente stupida che speravo di evitare l'argomento.

Socchiuse gli occhi e si sporse verso di me, appoggiando i gomiti sul tavolo. "Non provarci neanche. In questi giorni sei super scontrosa e silenziosa. So che ti manca Cade, ma dev'esserci dell'altro."

Bevvi un sorso di caffè, grata per il suo calore e quello del locale. Finalmente il gelo che si era insinuato nelle mie ossa sotto la pioggia stava iniziando a dissiparsi. Inspirai e sospirai profondamente. "Sto impazzendo perché l'altra sera ho incrociato Shannon al supermercato e per qualche motivo sapeva che Cade è partito, raccomandandomi di ragionarci un po' su. Non posso crollare anche questa volta. So che non dovrei fidarmi di lei, ma è un sassolino nella scarpa che proprio non riesco a togliermi. Forse mi sono persa qualcosa. Altrimenti come fa a sapere cosa fa e non fa Cade?"

Lucy serrò le labbra in una linea sottile. Scuotendo amaramente la testa con aria disgustata, rispose, "Shannon è una stronza. Tutto qui." Lucy fece una pausa per bere un altro goccio di caffè e mi guardò dolcemente. "Non è poi così difficile scoprire che una delle squadre di hotshot è partita in missione. Non so cosa le passi per la testa, ma secondo me è soltanto incazzata perché è già la seconda volta che Cade l'ha mandata a quel paese. Alle superiori non la conoscevo bene, ma era quel genere di ragazza abituata ad avere tutti i ragazzi ai suoi piedi. Secondo me le rodeva il culo perché Cade non l'aveva mai degnata di attenzioni. Bisogna essere ciechi per non notare che è oggettivamente bellissimo. E come se non bastasse, ha sempre quel 'lasciatemi in pace' scritto in faccia," disse, mimando le virgolette con le dita.

La guardai confusa, quindi sospirò e si spiegò meglio. "Tu non lo noti perché ti ama, ovviamente. Hai presente che alle superiori i ragazzi sono praticamente tutti allupati e sbavano dietro alle belle ragazze, no? Beh, Cade non era così. Era sempre gelido, sulle sue. Poi quando vi siete messi insieme, tutti hanno visto subito che eravate perfetti l'uno per l'altra. Non so perché Shannon abbia fatto quella carognata, ma secondo me era solamente invidiosa. Era la prima volta che un ragazzo non la notava, quindi c'è rimasta male. Era pure appena stata scaricata. Il problema è che ormai non ha più niente da perdere. Sa benissimo che Cade non sarà mai suo, quindi vuole rovinare tutto per voi. Probabilmente si sente una stupida per quello che ha fatto in passato ed è tornata pensando di poterci riprovare con lui, ma ha scoperto tardi che voi due vi amate ancora. Questo amore ritrovato è davvero super romantico." Lucy finse di svenire.

La guardai, senza riuscire nemmeno a ridere al gesto simpatico perché proprio non riuscivo a capacitarmi che Shannon potesse essere stata invidiosa di me. Beh, col senno di poi, era pure ovvio. Ma Shannon era così bella e ai tempi le andavano dietro tutti. Avrei tanto voluto essere più forte, così da riuscire a liberarmi dalla catena di insicurezze che lei era sempre stata così brava a strattonare.

Janet arrivò in quel momento al tavolo, risparmiandomi di dover rispondere, e ci guardò. "Che succede?"

"Shannon continua a fare impazzire Amelia facendole credere che tra lei e Cade ci sia qualcosa perché sa che era partito per lavoro. Ti prego, ricordale che Shannon è una stronza e sta solo facendo giochetti perché non ha di meglio da fare," disse Lucy piattamente.

Janet si mise una mano sul fianco, stringendo gli occhi. "Quella ragazza vuole infastidirti perché è fatta così. Era abituata a farsi sbavare dietro e le bastava avere un ragazzo. Poi il suo atteggiamento ha iniziato a dare sui nervi a tutti, ma le ragazze come lei fanno sempre quella fine. Siete rimaste amiche soltanto perché vi conoscevate sin da piccole. Quando se n'è andata per l'università, si è resa conto che essere un pesciolino in un lago non è poi così divertente. E adesso non essere stupida. Sicuramente sa che Cade è partito perché non è così difficile notare che tutta la squadra non è in paese."

"Non sto..."

Mi rivolse un'occhiata pungente, mettendomi a tacere. "Sì, *stai* facendo la stupida. Certo, posso capirti perché Cade è stato via per anni e avete appena iniziato a frequentarvi di nuovo, ma per l'amor del cielo, non farti mettere i bastoni tra le ruote da una cosa così insulsa."

Lasciando cadere le spalle, tracciai il bordo della tazza con un dito. "Ok, ok. Forse ho davvero esagerato," mormorai. Il mio cervello credeva a ogni sua singola parola. Ma il mio stupido cuore aveva bisogno di più rassicurazioni, soprattutto da un Cade in carne e ossa.

Janet mi strinse la spalla e qualcuno la chiamò. "Cosa vi porto?" chiese in tutta fretta.

Ordinammo dei panini e corse di nuovo in cucina. Appoggiando la schiena, vidi il sorriso afflitto di Lucy. "Non so perché mi lascio sempre condizionare da Shannon."

Lucy si strinse nelle spalle. "Perché ami Cade e hai sofferto davvero tanto quando vi siete lasciati. E secondo me c'entra anche il fatto che hai scaricato Earl."

"E come?" domandai. Triste a dirsi, dopo aver parlato per l'ultima volta con Earl l'avevo lasciato completamente alle spalle e fuori dai miei pensieri. In quel momento avevo provato una certa tristezza mista a rimorso per aver sprecato tutto quel tempo insieme a lui, ma non mi era mai mancato.

Lucy continuò, "Beh, finalmente hai capito che Earl non significava nulla per te. Ed è stato un grande passo. Cioè, stavi letteralmente per sposarlo. Se l'avessi fatto comunque, al ritorno di Cade si sarebbe sollevato un vespaio. Hai deciso di non accettare un amore così insulso e poi l'amore della tua vita è tornato da te. Quell'uomo ti aveva fatta impazzire, altrimenti non avresti sofferto così tanto. Secondo me hai soltanto paura di buttarti, ma è normale. Piano piano troverai sempre più sicurezza e smetterai di dar retta a Shannon."

Ragionai sulle sue parole e capii subito che aveva completamente ragione. Non ci avevo ancora pensato, ma effettivamente le scelte che mi avevano spinta a lasciare Earl giocavano un ruolo molto importante nella vicenda. Quando Cade era con me in carne e ossa un miliardo di emozioni mi travolgevano, senza lasciare spazio ai miei dubbi e timori. Ma senza averlo al mio fianco mi mancava terribilmente, e quel dolore acuto mi ricordava troppo la nostra separazione. Sentivo come un buco nel petto che non riuscivo a colmare. Ma non solo; la nostra nuova relazione era così intensa, così cruda. Un tempo l'avevo già amato, ma i miei nuovi sentimenti eclissavano completamente quelli passati. Ogni volta che era con me mi scoppiava il cuore di gioia, ma la sua mancanza mi faceva quasi impazzire. Dovevo riuscire a trovare un senso di equilibrio nella violenta tormenta. Soltanto Cade riusciva a farmi sentire così. Teneva in pugno il mio cuore, il mio corpo e la mia anima con una tale potenza che mi sentivo come un aquilone in balia del vento.

Guardai Lucy e respirai piano. "Hai ragione."

Lucy spalancò gli occhi sorpresa. "Ho ragione?"

Sospirai e bevvi un sorso di caffè. "Sì, ho detto proprio così."

Lei sorrise. "Wow, che evento più unico che raro."

Alzai gli occhi al cielo. "Te lo dico sempre, quando hai davvero ragione."

Rise. "Ti voglio bene, tesoro, ma sei cocciuta, eh. Proprio ieri non mi hai dato ragione quanto ho detto che quella maledettissima finestra ad angolo sarebbe stato un vero incubo."

Portai indietro la testa e scoppiai a ridere. "Ok, va bene. Ogni tanto sono un po' cocciuta."

Lucy rispose con una risata, mentre Janet arrivò a portarci i piatti. Quando si rigirò, ci chiese, "Vi serve nient'altro, ragazze?"

Facendole cenno di non preoccuparsi, iniziammo a mangiare. Quando me ne andai, stava ancora diluviando. Tornai nella mia casetta vuota, l'assenza di Cade un dolore acuto che riecheggiava nel mio cuore vuoto. Per quanto fossero riuscite a instillarmi un po' di buonsenso, non vedevo l'ora di poterlo riavere lì con me.

Capitolo Trentadue

CADE

Agganciai la mano al bordo del tettuccio dell'aereo e chinai la testa per entrare. Ero dovuto rimanere alla base con la mia squadra per un paio di giorni per colpa del brutto tempo e della nebbia. Ma la pioggia era stata una manna dal cielo. I voli erano stati limitati fino a quel momento, quindi eravamo tutti ansiosi di levare le tende. Quella mattina la pioggia ci aveva dato un po' di tregua, quindi ne avevamo approfittato subito. Nel pomeriggio passò a prenderci Fred, il pilota che mi aveva trasportato lì al lago.

Fred mi guardò e sorrise. "Sbrigatevi ragazzi," ci disse. "Abbiamo poco tempo."

Ci fiondammo nell'aereo a sei posti, ovviamente più grande del biplano con cui ero arrivato. Gli altri ragazzi erano partiti qualche minuto prima. Mi misi comodo e osservai il panorama sotto di noi mentre l'aereo decollava. Quando prese quota, una folata di vento lo fece traballare leggermente.

Osservai il paesaggio annerito e le colonne di fumo sparse qua e là, indicando le zone in cui il fuoco ardeva ancora sotto la pioggia. Incrociando le dita, avrebbe piovuto ancora per qualche giorno, così da domare completamente l'incendio. Sentii Fred parlare alla radio e lo vidi aggrottare la fronte. Un'altra folata di vento colpì l'aereo. Pareva quasi di essere in un'asciugatrice. Quegli aerei così piccoli erano talmente leggeri da essere completamente in balia del vento.

Fred proseguì, con lo sguardo puntato all'orizzonte. Durante il volo, la nebbia iniziò a infittirsi di nuovo. Dopo pochi minuti, ci avvolse completamente. Pensai subito ad Amelia. Per mio sommo dispiacere, alla base non c'era assolutamente campo. Avevo provato a inviarle messaggi e chiamarla quando riuscivo a prendere un po' di segnale, ma invano. Avevo passato il tempo a girare in tondo, scervellandomi sulle cause delle sue angosce e sentendomi impotente perché non potevo parlarle.

Mi mancava così tanto da star male. Mi bastava arrivare a Fairbanks, almeno da lì sarei riuscito a raggiungere Willow Brook indipendentemente dal tempo. L'aereo venne scosso da un'altra forte folata di vento.

Fred parlò di nuovo alla radio e poi mi guardò. "Ho soltanto le coordinate per arrivare a destinazione. Speriamo vada tutto bene," disse seccamente.

Annuii soltanto perché non c'era molto altro che potessi dire. Mi girai a guardare i miei ragazzi. Era ovvio per tutti quanti che fosse una situazione di merda. Mi voltai di nuovo e respirai profondamente. Di pericoli ne avevo affrontati tanti per lavoro, senza però mai provare alcuna ansia o paura, sapendo che le mie abilità e conoscenze mi avrebbero aiutato a superare le situazioni più rischiose. Ma in quel momento ero paralizzato dalla paura. Stavamo sorvolando alla cieca montagne e fiumi, circondati completamente dalla natura selvaggia. In caso di pericolo non avrei potuto fare proprio un accidenti di niente.

Mi girai a guardare fuori dal finestrino, non vedendo altro che nebbia fitta e grigia, e pioggia. L'aria della piccola cabina era carica di tensione, tutti consci del potenziale pericolo. Guardai Fred. "Sai più o meno quanto manca?"

"Meno di mezz'ora, ma sto andando piano," rispose Fred, in modo conciso.

Guardai di nuovo fuori, rendendomi conto per l'ennesima volta di quanto fosse inutile. Un'altra raffica di vento scosse l'aereo, seguita da un tonfo. L'aereo si girò su un lato. Fred imprecò e provò a raddrizzarlo. L'ultima cosa che sentii fu uno scoppio assordante.

———

Un dolore lancinante alla spalla mi attanagliò. Aprii lentamente gli occhi, soffocando un gemito di dolore. Un momento dopo, ricordai cos'era successo. L'aereo si era schiantato. Girai la testa e vidi Fred che provava a liberarsi la gamba, piegata in una strana angolazione. Ok, Fred era ancora vivo. Grazie a Dio. Ingoiando il dolore, mi voltai verso i miei ragazzi. Avevano tutti gli occhi aperti, tranne Jesse Franklin. Incrociai lo sguardo di Levi, seduto accanto a lui. "Sta bene?" gli chiesi.

Levi, conciato male quanto me, rimase imbambolato per un secondo e poi poggiò due dita sul suo collo. Notai del sangue scivolare sulla fronte di Jesse. Levi mi guardò. "Il battito è forte."

Mi guardai intorno. A terra si riusciva a vedere qualcosa in più, all'incirca fino a quattrocento metri in ogni direzione, ma la nebbia era comunque fitta. Eravamo precipitati in un groviglio di rami d'abete che avevano ammortizzato la caduta. Grazie a Dio, a Madre Natura o per pura fortuna, avevamo superato la zona bruciata. Sulla destra vidi l'ala dell'aereo spezzata, probabilmente lo scoppio che avevo sentito prima dello schianto.

Guardai Fred. "Tutto bene?"

Fred, che stava cercando di liberare il polpaccio dal muso distrutto dell'aereo, sollevò lo sguardo. "La gamba mi fa un male cane, ma sono vivo." Imprecò sottovoce quando riuscì a liberarla. I jeans erano impregnati di sangue. Provai a muovermi, ma un'altra fitta di dolore mi paralizzò. Decisi di darle un'occhiata e scoprii che il tettuccio mi era caduto sulla spalla. Anche se non lo vedevo, sentivo il calore del sangue, quindi dedussi che l'alluminio dell'aereo mi si fosse conficcato nella pelle.

Con la mano libera sollevai il tettuccio, riuscendo a liberare la spalla dal pezzo di alluminio. Controllai la ferita per assicurarmi che non fosse troppo grave e poi entrai in azione. Gli altri ragazzi stavano facendo la stessa cosa — dopo aver controllato le proprie ferite, iniziarono a uscire uno alla volta dall'aereo. Per fortuna il motore era rimasto praticamente intatto, quindi non c'era il rischio che prendesse fuoco. Quello messo peggio di tutti era Jesse, ancora privo di sensi. Grazie al cielo, anche quella volta ero circondato da una squadra di soccorritori formati per queste emergenze. Era il mio primo incidente aereo, ma sul lavoro avevamo già dovuto affrontare molte crisi mediche, quindi ero sicurissimo che saremmo riusciti a stabilizzare Jesse fino all'arrivo dei soccorsi.

Anche Fred non era nelle migliori delle condizioni. Aveva un brutto squarcio profondo che partiva dal ginocchio alla caviglia. Riusciva a muoversi, era cosciente, ma stava soffrendo terribilmente. Levi e

Thad pensarono a Jesse, mentre Jackson mi aiutava a spostare Fred su un sedile per ripulirgli la ferita. Gli altri ragazzi scaricarono l'attrezzatura dall'aereo.

Fred insistette per gestire le comunicazioni radio, nonostante il dolore fosse quasi troppo da sopportare. La centrale di Fairbanks ci rassicurò che avrebbero inviato l'elisoccorso non appena ci fossero state le condizioni ideali. Così il maltempo rimase la nostra unica preoccupazione. Per quanto il freddo e la pioggia fossero d'incredibile aiuto ad arrestare l'incendio, con un tempo del genere c'era il rischio di ipotermia, troppo spesso sottovalutato durante l'estate.

Dopo aver fermato l'emorragia di Fred e aver visto che Jesse aveva ripreso conoscenza aiutai i ragazzi a scaricare l'attrezzatura, sperando di trovare dei sacchi a pelo asciutti. Mi ero completamente dimenticato della ferita alla spalla finché Levi non mi afferrò per un braccio, procurandomi un'intensa fitta di dolore.

"Cazzo, me n'ero dimenticato," mormorai guardando Levi.

"Immaginavo," rispose Levi. "Fammi dare un'occhiata."

Esitai, non trovandolo necessario. Levi alzò gli occhi al cielo. "Non essere stupido. C'è freddo e piove. Devi fermare l'emorragia. Non è nulla di grave, ma hai la maglietta bagnata. Se tutto va bene, arriveranno fra qualche ora."

Brontolai, ma non ero stupido, quindi acconsentii. Levi spostò la manica dalla ferita per pulirla e fasciarla. Non era un taglio profondo, sarebbe bastato qualche punto. Per il momento mi feci bastare un cerotto per sutura. Dopo aver sistemato Jesse e Fred dentro dei sacchi a pelo caldi, cercammo qualcosa da mangiare nell'attesa.

Diverse ore dopo, la pioggia cessò e sentimmo il

suono inconfondibile di un elicottero in avvicinamento. Io e Levi lanciammo dei bengala nella foschia e
aspettammo che atterrassero oltre gli alberi. Appurato
che stavamo tutti bene, non riuscii a fare altro che
pensare ad Amelia.

Capitolo Trentatré

AMELIA

Uscii silenziosamente di casa per entrare nel prato adiacente, lanciando del granturco per terra una volta superato il vialetto. Uno stormo di gru canadesi tornava a farmi visita ogni estate e molte avevano addirittura nidificato. Amavo rivederle anno dopo anno e ogni tanto lasciavo loro del mais. Arrivata accanto al laghetto, lanciai quello rimasto nel secchio sul bordo dell'acqua. Poco distante c'erano alcune gru. Era tarda sera, con il sole basso all'orizzonte, poco sopra gli alberi. L'aria era fresca dopo una giornata di pioggia intensa. Mi fermai e feci un respiro profondo. Su un lato, del camenerio aveva iniziato a sbocciare. In qualche settimana la zona si sarebbe colorata di fucsia, grazie alle piante selvatiche che coprivano gran parte dell'Alaska centro-meridionale.

La pace interiore che con tanta fatica ero riuscita a coltivare dopo la terribile rottura con Cade era diventata quasi irraggiungibile. Mi sentivo ridicola per essermi fatta manipolare di nuovo da Shannon. Non aveva fatto altro che insinuare che tra loro due ci fosse qualcosa, senza nessuna prova. Odiavo quel lato di me

— il lato che mi aveva spinta a mettere il cuore e la mente in cassaforte, per ignorare qualsiasi cosa avesse a che fare con Cade. Non sapevo come conciliare l'amore che provavo per lui, il sentirmi così vulnerabile e conservare almeno un briciolo di lucidità mentale.

Quando tornerà a casa starò meglio. Sto soffrendo tanto perché mi manca da impazzire. Sì, ma il suo lavoro lo costringerà a viaggiare spesso. Devo farmene una ragione. Non posso perdere la testa per ogni minima cosa.

Sospirai, levando lo sguardo verso una coppia di gru che planava per atterrare insieme al gruppo. Se solo gli umani potessero accoppiarsi senza tutti quei problemi. Le gru canadesi passavano la vita con un solo compagno, probabilmente senza tanti drammi e tragedie. Risi tra me e me, pensando che in verità non potevo saperlo con assoluta certezza. Magari di drammi ce n'erano eccome. Ma a prescindere da quello, ogni anno tornavano e facevano il nido nella mia proprietà, prendendosi cura dei pulcini finché non era ora di migrare a sud per l'inverno.

Io nel frattempo mi sentivo un'idiota perché avevo i nervi a fior di pelle. Per quanto la relazione insipida e tranquilla con Earl mi avesse fatto soffrire la mancanza di qualcosa, con lui non mi ero mai sentita così. Mi ero fissata sulle parole vuote di Shannon, aggrovigliate saldamente nella mia mente. Dopo aver riacquisito la ragione non mi era rimasto altro che il senso di solitudine. Cade mi mancava da impazzire. Da quando era partito avevo lavorato come una matta per distrarmi. Nonostante avessimo iniziato il progetto con una settimana di ritardo, avevo lavorato così tanto da recuperare tutto il tempo perduto.

Mi guardai intorno e tornai verso casa. Le gru non erano infastidite dalla mia presenza, ma si tenevano sempre alla larga e rispettavo i loro spazi. Mi chiusi la porta alle spalle e mi tolsi gli stivali e gli strati di vestiti. Nonostante la pioggia, io e Lucy avevamo lavorato tutto il giorno. Quindi avevo i jeans fradici, così come tutto il resto. Con la pelle fredda e umida, buttai i vestiti in lavatrice ed entrai sotto la doccia.

Dopo qualche minuto sotto l'acqua quasi ustionante, uscii riscaldata dalla doccia e mi squillò il telefono. Ignorandolo, mi asciugai e mi infilai un paio di pantaloni felpati e una felpa. Avevo bisogno di qualcosa di caldo e comodo addosso. Il telefono suonò di nuovo. Attraversai il soggiorno per andare a prenderlo dal bancone della cucina, mentre mi spazzolavo i capelli umidi. Non riconoscendo il numero, non risposi.

Finì di squillare, ma ricominciò praticamente subito. "Ma chi cavolo è?" chiesi a voce alta, nonostante fossi sola.

"Pronto?" chiesi aspramente quando risposi.

"Parlo con Amelia Haynes?" domandò un uomo.

"Perché prima non mi dici chi sei tu?" risposi in tono pungente e seccato.

"La chiamo dalla caserma centrale di Fairbanks. Si tratta del suo fidanzato."

Mi sentii mancare e mi si strinse lo stomaco come una morsa. Con il cuore a mille, mi venne la nausea. Mi cedettero le ginocchia e finii contro lo schienale del divano.

"Signorina Haynes? È ancora in linea?" mi chiese.

Deglutendo nervosamente, scossi leggermente la testa per schiarirmi le idee. Mi sentivo stordita, strana, e non capivo cosa stesse succedendo. Una chiamata dalla caserma di Fairbanks era legata per forza a Cade e non poteva essere niente di buono.

"Sì, ci sono. Va bene Amelia," riuscii a rispondere.

"Oh, ottimo, pensavo fosse caduta la linea. L'ho

chiamata per darle notizie del suo fidanzato, Cade Masters. Prima di tutto, sta bene, quindi stia tranquilla. Immagino di averla fatta preoccupare, prima," disse, la sua voce calma, chiara e rassicurante.

Gli occhi mi si riempirono di lacrime calde e tirai un lungo sospiro di sollievo. Nonostante il mio cervello fosse andato in tilt, mi era venuto il terrore che potesse essergli successo qualcosa di terribile. "Ok, ok. Grazie per averlo specificato subito," dissi, con voce tremolante.

"Si figuri. Comunque, sono Ed. Mi interrompa pure quando vuole, ok?"

Quando non continuò, capii che stava aspettando una risposta. "D'accordo."

"Il signor Masters e metà della sua squadra sono rimasti coinvolti in un incidente aereo. Sono sopravvissuti tutti, ma al momento sono in attesa dell'elisoccorso."

Mi si rivoltarono le budella, mentre il cuore continuava a martellare all'impazzata. "Quanto dovranno aspettare? Cade sta bene?"

Riuscii a trattenermi dal fargli mille domande. Non potei fare a meno di notare che Ed pensava fossimo fidanzati ufficialmente. Quel piccolo dettaglio mi scaldò il cuore. Non sapevo da dove se lo fosse tirato fuori, ma non mi dispiaceva affatto.

"Abbiamo inviato un elicottero, ma non sono potuti tornare tutti insieme a causa del peso e lo spazio necessario per trasportare due passeggeri in condizioni più gravi. Il signor Masters e gli altri dovranno aspettare che ritorni."

Fui sommersa da un'ondata di sollievo. Quindi Cade non si era fatto niente di grave. Dopo aver metabolizzato la notizia, continuai con le domande.

"Quanto ci vorrà?"

Sentii il timbro terrorizzato della mia voce, ma non gli diedi alcun peso. Erano quasi le sette di sera. Se non fossero passati a prenderlo presto, avrebbe dovuto passare la notte all'esterno. Dentro di me sapevo che per lavoro lo faceva spesso. Gli hotshot erano sicuramente preparati a uno schianto aereo nel bel mezzo della natura selvaggia dell'Alaska. Cavolo, nelle giuste condizioni avrebbero anche potuto tornare a piedi invece di aspettare i soccorsi. Ma nonostante tutto, non riuscivo a controllare l'ansia che mi aggrovigliava lo stomaco.

"Speriamo in serata, ma il soccorso potrebbe essere rinviato a domani. A causa dell'incendio, tutti i nostri elicotteri sono impegnati. Senza contare i grossi problemi di visibilità dovuti alla nebbia. La squadra ci ha garantito che sono equipaggiati per passare la notte lì. Il signor Masters ci ha chiesto di chiamarla, dato che in quella zona non c'è segnale."

Ricacciai indietro le lacrime. Mi sarei potuta ripetere qualsiasi cosa, ma il pensiero che Cade fosse nel bel mezzo del nulla — e che rischiava di passare la notte al gelo — mi terrorizzava a morte.

"Cade sta bene?"

"Da quello che ho capito, i membri rimasti indietro hanno riportato soltanto ferite lievi. Però purtroppo non so altro. Dopo chiamerò i genitori del signor Masters. Ha chiesto di telefonare prima a lei per dirle di non preoccuparsi."

Mi sfuggì una risata amara — una risata piena di dolore e timore perché Cade pensava davvero che sarei riuscita a mantenere la calma.

"Mi dispiace. Non volevo..."

"Si figuri. Anche se le ha detto di non preoccuparsi, faccio molte telefonate del genere, quindi so che per lei sarà praticamente impossibile non farlo. La nostra squadra di soccorso ha visitato tutti prima di ripartire, quindi se l'hanno lasciato indietro significa che è in buone condizioni. Spero che questo possa riuscire a tranquillizzarla almeno in parte."

Sentii squilli e altri rumori in sottofondo, quindi mi resi conto che probabilmente gli stavo facendo perdere più tempo del dovuto. "Farò del mio meglio. Immagino tu debba andare, Ed. Chi posso chiamare per aggiornamenti?"

Mi dettò rapidamente un numero e chiuse la chiamata. Abbassai lentamente il braccio. Rimasi ferma immobile, appoggiata contro il divano. Avevo lo stomaco contratto per la tensione e mi sentivo stordita e intorpidita. Non riuscivo a pensare ad altro che Cade. Me lo immaginai in un angolo sperduto, nel freddo umido. Non era da solo, ma nella mia mente sì.

Rimasi in quella posizione per non so quanto tempo, finché non mi squillò di nuovo il telefono in mano. Risposi subito.

"Amelia! Sono Georgia. Tesoro, ho chiamato la tua mamma. Mi ha detto che sta passando a prenderti."

Non capii subito, ma poi mi si rimise in moto il cervello. La madre di Cade non aveva perso nemmeno un secondo dopo aver ricevuto la notizia.

"Georgia, non c'era bisogno..."

Mi interruppe. "Tesoro, non devi startene da sola in casa a crogiolarti per Cade. Sono preoccupata anche io, ma andrà tutto bene. Io e Rex siamo a casa, quindi pensavamo di farti passare la notte qui. Rex ha già chiamato la centrale a Fairbanks. Non ci credo che non ci abbiano chiamati subito, ma probabilmente non sapevano che Cade fosse suo figlio."

Riuscii a formulare una risposta di cortesia e chiusi la chiamata proprio quando sentii arrivare mia madre. In circostanze normali l'avrei mandata via, ma ero troppo scossa per opporre resistenza. Poco dopo eravamo in macchina, dirette verso casa di Rex e Georgia.

Non riuscivo più a pensare lucidamente, ma appena entrata nella loro cucina un pensiero mi assalì. Era da più di sette anni che non mettevo piede lì dentro. In qualche modo ero riuscita a tenermi a distanza da quella casa. Date le circostanze era stato un vero miracolo. Georgia era una delle migliori amiche di mia madre. Aveva preso male la separazione con Cade, ma aveva rispettato i miei spazi.

Entrando nell'ampia casa di legno nascosta fra gli alberi mi sommerse la nostalgia. Avevo passato molti pomeriggi lì con Cade durante le vacanze estive all'università. Dato che non riuscivamo mai a staccarci le mani di dosso, quando tornavamo a Willow Brook ci accampavamo a casa dei suoi genitori, dove c'era più privacy rispetto a casa di mia madre. E in quei giorni così inebrianti, non volevamo altro che privacy.

Con il cuore che mi martellava nel petto, provai a calmare il respiro, ma una valanga di ricordi mi travolse. Quante ore passate lì con Cade. Mi guardai intorno. La casa era una villetta di legno moderna, a un piano solo. Il soffitto della cucina e del soggiorno era attraversato da travi. Georgia amava le piante, quindi c'erano diversi vasi sparsi in giro. Le finestre si affacciavano sul Denali, ma le montagne erano avvolte dall'oscurità e dalla nebbia.

Mi sentii mancare il fiato. A quell'ondata travolgente di ricordi seguì un vortice di emozioni. Cade era fuori al buio, nella nebbia e sotto la pioggia. Era passata un'ora dalla telefonata di Ed dalla caserma di Fairbanks, dunque Cade e gli altri ragazzi erano stati costretti a passare la notte lì fuori.

Rex, il padre di Cade, dopo aver notato la mia aria

sconvolta mi avvicinò una sedia proprio quando mi cedettero le gambe.

Lo guardai e trovai la forza di sorridergli. "Grazie. Non, ehm..."

Cade aveva gli stessi occhi verdi di sua madre, ma per il resto era uguale spiccicato a suo padre. Avevano gli stessi lineamenti cesellati e capelli castani, anche se Rex aveva il viso segnato dalle intemperie e qualche capello bianco. I suoi occhi marroni si incresparono appena quando mi rivolse un sorriso preoccupato. Mi strinse la spalla e si sedette a tavola accanto a me.

"Sembravi averne bisogno," affermò. "Georgia, hai preparato del caffè o del tè?" le chiese, quando si girò con due tazze in mano.

Mia madre si accomodò al mio fianco e appoggiò il bastone al tavolo. Georgia mi mise una tazza davanti e la presi subito tra le mani. Mi sentivo gelare da quando avevo risposto a quella telefonata. Rex disse qualcosa a mia madre che non sentii nemmeno. Dopo qualche minuto, Georgia si sedette davanti a me e mi strinse una mano.

"Tesoro, Cade se la caverà. Prima Rex è riuscito a parlargli con la radio. Temevo che da sola ti saresti preoccupata troppo, quindi ho pensato di farti venire qui," disse Georgia, riuscendo a rassicurarmi un po' con il suo calore e la sua premura.

"Ci hai parlato?" chiesi a Rex, volgendo lo sguardo verso di lui.

"Proprio così. Per pochi minuti. Ci ha messo in contatto Maisie. Non potevo tenere occupato il segnale, visto che dovevamo usare la frequenza degli aerei, ma Cade mi ha detto che solo due persone sono in condizioni più gravi — il pilota e Jesse Franklin. Gli altri hanno giusto qualche taglio e livido, ma niente di che. Lì la nebbia è ancora più fitta che qui. Tieni duro e domani andiamo a Fairbanks.”

“Davvero?”

Mia madre rise piano. “Tesoro, te l’ho detto in macchina, ma mi sa che hai la testa da un’altra parte.”

Mi girai verso mia madre, che mi stava fissando. Era una delle donne più forti che conoscessi. Avrei tanto voluto essere forte quanto lei. Fisicamente lo ero, ma lei aveva una forza interiore incredibile. Nonostante mio padre l’avesse abbandonata con due bambini piccoli, era riuscita ad andare avanti da sola, con pochi spiccioli in tasca. Non solo era riuscita a rimettersi in piedi, ma aveva anche garantito a me e mio fratello un’infanzia meravigliosa e pagato gli studi di entrambi. Mi aveva insegnato a prendere la vita di petto, a buttarmi. Ma non mi aveva mai insegnato come amare qualcuno tanto quanto amavo Cade senza impazzire.

La tensione e l’angoscia che mi attanagliavano il petto e lo stomaco si dissiparono lievemente. Sapevo che Rex non avrebbe mai mentito sulla gravità della situazione. Capo della polizia di Willow Brook da quando ne avevo memoria, era un uomo pragmatico e realista in ogni circostanza. Se pensava che Cade se la sarebbe cavata, allora probabilmente Cade se la sarebbe cavata.

“Se ci sono posti in aereo domani possiamo partire da Anchorage. Altrimenti, un amico si è offerto di accompagnarci con il suo aereo, tempo permettendo. Secondo me Cade non riuscirà a tornare a casa prima di dopodomani, quindi almeno così puoi vederlo prima,” disse Rex.

Annuii e bevvi un sorso della bevanda che mi aveva portato Georgia. Era tè. Tra una chiacchiera e l’altra, iniziai a sentirmi gradualmente sempre più tranquilla, anche se sapevo, ne ero certa, che non avrei trovato pace finché non avessi avuto Cade davanti a me, assicurandomi che stesse bene. Ma almeno mi sentii meno sola.

Poco più tardi, Georgia mi mandò in una delle camere degli ospiti e mia madre promise che sarebbe passata l'indomani mattina per portarmi un cambio. Anche se la tensione che mi attanagliava nel profondo si era leggermente alleggerita non riuscivo a rilassarmi. Ogni pensiero tornava sempre a Cade e mi mancava così tanto che mi faceva male il cuore. In quel momento era nel bel mezzo del nulla — al buio, al freddo, bagnato e senza me al suo fianco.

Capitolo Trentaquattro

CADE

Appoggiai la testa al sedile, sospirando. Ero esausto. Perfino nelle migliori delle circostanze sarebbe stato terribile dormire all'aperto in una notte così fredda e umida. E sicuramente le nostre circostanze non erano delle migliori. Ci accampammo vicino all'aereo inutilizzabile e gli alberi a pezzi. Anche se stava piovendo avevamo preferito non accendere un fuoco, dopo aver passato giorni a domare un terribile incendio. Per nostra immensa fortuna la stiva non aveva subito danni, quindi era rimasta all'asciutto.

Dei sei ragazzi partiti con il secondo aereo quattro erano rimasti a dormire lì. L'elicottero avrebbe potuto trasportare tre persone, ma c'era bisogno di spazio per la barella di Jesse. Avevo passato la notte a cambiare turno di guardia con Levi, Thad e Jackson. Nessuno era riuscito comunque a dormire molto, ma c'era bisogno che qualcuno rimanesse all'erta in caso si fosse avvicinato qualche animale. Ci trovavamo nel bel mezzo del territorio dei grizzly, che non era comunque pericoloso come la gente crede, ma ne avevamo già passate abbastanza. Non potevamo permetterci che un orso facesse fuori le nostre scarse provviste.

Girai la testa verso Levi. "Come ti senti?"

Levi alzò gli occhi al cielo. "Stanco morto. Non vedo l'ora di farmi una doccia e mangiare qualcosa di caldo."

Feci una risata. "Puoi dirlo forte." Tirai fuori il telefono e imprecai. Durante lo schianto si era rotto ed era praticamente inutilizzabile. All'inizio non me n'ero nemmeno accorto perché in quella zona non c'era campo. Poi ci avevo riprovato invano, rendendomi conto che si accendeva senza riuscire a fare altro. Sperai che la centrale fosse riuscita a contattare Amelia. Mio padre mi aveva assicurato che l'avrebbe messa al corrente della situazione, ma sapevo che sarebbe stata comunque preoccupatissima. E sapevo anche che Amelia odiava sentirsi così, la faceva andare su di giri. E non finiva mai bene. Non ero ancora riuscito a spedire neanche un maledettissimo messaggio, quindi anche quello tormentava i miei pensieri.

Osservai il panorama sotto di noi con l'assordante rumore delle eliche dell'elicottero nelle orecchie. Il cielo si era schiarito e l'elisoccorso era tornato a recuperarci. Il National Transportation Safety Board stava indagando sull'incidente, ma sapevamo già com'era andata. L'ala destra dell'aereo aveva colpito qualcosa nella nebbia e l'aereo era precipitato. La nebbia era talmente fitta che la visibilità era pari a zero.

Grazie al cielo non c'era bisogno che rimanessi con gli investigatori perché ero impaziente di arrivare a Fairbanks. Ma odiavo dover aspettare l'ennesimo permesso per poter tornare a Willow Brook, visto che avremmo dovuto rilasciare le nostre dichiarazioni per l'indagine del NTSB. Ancora non potevo rivedere Amelia. Non sopportavo l'idea che si fosse fatta abbindolare di nuovo da Shannon. Nonostante i mille pensieri che mi vorticavano per la testa, ero talmente esausto che mi si chiusero gli occhi e mi addormentai.

Mi svegliai di soprassalto quando l'elicottero atterrò con un lieve rimbalzo. In pochi minuti io e i miei ragazzi stavamo lasciando l'eliporto per andare alla caserma di Fairbanks. Puntammo tutti e quattro le docce, quindi non mi fermai a parlare con nessuno. Ma poi, sentii Amelia che mi chiamava.

Mi girai disorientato, cercandola con lo sguardo nel caos dell'area d'attesa, nella quale contemporaneamente cercavano il proprio spazio gli impegni ordinari, gli investigatori e qualche altra squadra di hotshot pronta a raggiungere l'incendio. Per questo motivo, c'erano un ronzio di voci nell'aria e molti volti sconosciuti. Mi voltai e vidi Amelia che si faceva strada tra alcune persone vicino all'ingresso. I raggi del sole che filtravano dalle finestre facevano risplendere i suoi capelli ambra.

Tutta la stanchezza e il freddo svanirono in un istante. Lasciai cadere il borsone sul pavimento e le andai incontro. Stava dicendo qualcosa, ma non sentii una sola parola. Arrivato da lei, la presi tra le braccia e la strinsi a me. Si tappò la bocca e mi affondò il viso nel collo. Aveva un profumo così buono, come erba riscaldata dal sole.

Il rumore attorno a noi scomparve e continuai ad abbracciarla. Dopo qualche minuto, qualcuno mi picchiettò sulla spalla. Sollevai la testa e quando mi girai vidi mio padre.

"Ciao papà. Non sapevo sareste venuti."

Mio padre sorrise. "Avevo sentito che saresti rimasto bloccato qui un altro paio di giorni, ma immaginavo volessi vedere la tua donna."

Amelia sollevò la testa e ci guardò, poi rivolse a mio padre un debole sorriso. "Grazie, Rex."

Mio padre annuì, rivolgendosi poi a me. "Tutto bene?" chiese, indicando la spalla insanguinata. Il cotone si era ormai seccato e dal tessuto strappato era visibile la fasciatura temporanea che aveva fatto Levi.

Prima che potessi rispondere, Amelia sussultò e si spostò il tanto da poterla vedere meglio.

La presi per mano. "Ehi, sto bene."

Rex rise. "Perfetto, mi basta sapere quello. Adesso vi lascio soli. Vado a cercare un vecchio amico. Quando siete pronti per andare, ditemelo subito. Io torno a casa stasera, ma per voi due ho prenotato una stanza in un albergo qui vicino."

Non lo sentii nemmeno allontanarsi. Fissai Amelia in quei suoi meravigliosi occhi ambrati, provando a trasmetterle tutto ciò che provavo in quello sguardo. "Mi sei mancata," le dissi, la voce roca per la stanchezza e l'intensità dei miei sentimenti.

Si prese il labbro tra i denti e lo lasciò andare con un sospiro. Nonostante la situazione, quel suo piccolo gesto bastò per riaccendere in me il desiderio.

"Mi sei mancato da morire, ma adesso dobbiamo pensare alla tua spalla. C'è molto sangue e devi fartela controllare."

Fece un altro passo indietro, prendendomi la mano come per trascinarmi con sé. Non avevo idea di dove volesse portarmi, ma Amelia otteneva sempre ciò che voleva. Intrecciai le dita alle sue e la strinsi forte.

"Aspetta," le dissi.

Si girò e la tirai a me, premendo il suo corpo contro il mio. "Stai bene?" domandai con tono basso, appoggiando la fronte alla sua.

"Sto bene?" chiese, perplessa dalla mia domanda. "Certo che sto bene! Sei tu quello che ha avuto un incidente aereo. Te ne vai in giro come se non fosse successo niente..." Col fiatone, le si spezzò la voce. Posò la fronte contro il mio petto, facendo fatica a respirare.

"Ehi, sto bene. Davvero. Dormo sempre in mezzo al nulla. E di solito pure vicino a un incendio, quindi ieri notte è stata una passeggiata," le dissi, accarezzandole la schiena con la mano.

"Sì, ma non hai mai avuto un incidente aereo," mormorò.

"Certo, ma ce la siamo cavata tutti."

"Perché mi hai chiesto se sto bene?" mi chiese, continuando a parlare contro il mio petto.

Sicuramente non era il momento migliore per parlarne, circondati da tutte quelle persone, con telefoni che squillavano a non finire e neanche la minima privacy, ma volevo assicurarmi che tra noi fosse tutto a posto.

"Perché ero preoccupatissimo per quello che mi hai detto su Shannon. Non so perché anni fa abbia fatto quella stronzata e proprio non capisco perché ci stia ancora tormentando. Davvero, io con lei non c'entro nulla. Non voglio che ti preoccupi per cose così insulse," dissi, le mie parole più aggressive di quanto avessi voluto.

Amelia sollevò finalmente la testa, con un luccichio negli occhi. "So che sono solo stronzate. È che mi mancavi tantissimo e non sono ancora abituata a starti lontana, quindi la situazione mi ha schiacciata e ho dato di matto."

Lo disse tutto d'un fiato, finché non si fermò e fece un respiro tremolante. "Mi dispiace. Avevi cose più importanti a cui pensare. La prossima volta cercherò di non perdere il controllo."

Mi si strinse il cuore e mandai giù il groppo in gola.

Sollevai una mano e passai le dita tra i suoi capelli setosi. Dopo un secondo, trovai la forza per risponderle. "Non ti devi scusare. Voglio solo sapere che si è risolto tutto. Ti capisco. Fidati, ti capisco. Abbiamo buttato all'aria tutto per colpa delle menzogne di qualcun altro. Anche io sono molto suscettibile. Cioè, ho dato di matto e preso a pugni Earl. Se avesse detto la cosa sbagliata al momento sbagliato, beh..." Mi fermai e mi strinsi nelle spalle. "Non dispiacerti. Però non voglio che ti preoccupi per stronzate del genere. Sono qui. E tu sei l'*unica* donna che voglio. Non ti libererai di me molto facilmente, quindi ti conviene dirmelo subito se non mi vuoi."

I suoi occhi fissi nei miei, il cuore mi martellava all'impazzata nel petto, finché non cancellò la distanza tra le nostre labbra con un bacio. In un secondo, dimenticai dove ci trovavamo e la strinsi a me, infilando la lingua nella sua bocca. Dimenticai il freddo e la stanchezza che mi faceva tremare le gambe. In quel momento, il desiderio era così travolgente che avrei potuto correre una maratona... se al traguardo avessi trovato Amelia nuda.

"Ehi, guardate che siete in pubblico!"

La voce di Levi aprì un varco nella mia mente annebbiata, quindi mi staccai subito dalle labbra di Amelia. Aveva le guance arrossate, gli occhi le brillavano e non volevo altro che stare da solo con lei.

Mi girai e vidi Levi, che alzava gli occhi al cielo. "Scusate l'interruzione, ma abbiamo dieci minuti per farci la doccia nei loro spogliatoi. E un paramedico è pronto a metterti i punti."

Amelia mi spinse verso Levi. "Vai." Poi lo guardò. "Assicurati che vada a farsi medicare," ordinò.

Levi le fece l'occhiolino. "Ma certo. Te lo riporto pulito e sistemato."

Mi costrinsi a seguirlo, nonostante volessi rimanere lì con Amelia. Ma sapevo di non avere via di scampo e che mi avrebbe costretto a buttarmi sotto la doccia. In quel momento, allontanarmi da lei mi causò dolore fisico.

Capitolo Trentacinque

AMELIA

Camminavo accanto a Cade lungo il corridoio dell'albergo. Da quando era tornato dagli spogliatoi non aveva parlato molto. Aveva i capelli ancora bagnati e dei vestiti puliti addosso. Levi era pure passato a dirmi che la spalla era stata medicata. Dopo aver salutato Rex, avevamo preso la macchina che aveva noleggiato per noi. Gradii molto tutto quel silenzio, perché ero sopraffatta dalle mie emozioni. Il mio corpo pulsava di desiderio e non riuscivo quasi a pensare ad altro.

Avevo la chiave in mano, ma non ricordavo il numero della stanza. Mi fermai e Cade si girò a guardarmi, confuso. Santo cielo. Con i ricci bagnati, quei meravigliosi occhi verdi e il corpo perfettamente scolpito era difficile non saltargli addosso. Mi sentii mancare il fiato e iniziò a battermi il cuore a mille.

"Non so che stanza è. Te lo ricordi?" gli chiesi, con voce roca.

Le sue labbra si incurvarono in un angolo e scosse la testa. Mi prese la chiave di mano e la girò. Non c'era nulla. Poi tirò fuori la ricevuta dalla tasca, dandole un'occhiata veloce. "Stanza 34," annunciò.

Eravamo davanti alla numero 30, quindi bastò qualche passo per arrivare alla nostra. Cade entrò e lanciò il borsone per terra. Neanche il tempo di chiudere la porta che si fiondò su di me, baciandomi con intensa passione. Il desiderio mi pulsò violento nelle vene. Ne volevo di più con ogni secondo che passava. Mi spinse contro la porta e i nostri corpi si fusero insieme. Le sue mani presero a esplorarmi, mentre iniziavano a sfilarmi i vestiti. Ero eccitata e avida quanto lui, mentre lo spogliavo. Ci allontanammo dalla porta, rotolando contro la parete dell'ingresso mentre ci lasciavamo dietro una scia disordinata di vestiti.

Mi fermai soltanto quando Cade sussultò piano mentre gli sfilavo la maglietta. Mi staccai subito dal bacio. "Oh, mio Dio! Stai...?"

"Sto bene," rispose prima di marchiarmi il collo con una scia di baci.

Il suo tocco mi fece venire la pelle d'oca. Gli abbassai i pantaloni, trattenendo un gemito compiaciuto quando gli presi l'impotente erezione tra le dita. Portò le labbra attorno al mio capezzolo, mordicchiandolo il tanto da farmi quasi esplodere di desiderio.

Mi sentivo bagnata e pronta per lui. Ma aveva ancora troppi vestiti addosso, quindi gli sfilai con forza i jeans. Prese l'altro seno in mano, mentre continuava a farmi impazzire con le labbra, i denti, la lingua. Calciò via i pantaloni e si girò, tenendomi tra le braccia. Era così forte che la mia stazza con lui non contava affatto. Riusciva a reggermi come se niente fosse, nonostante la ferita e la stanchezza. Mi ero completamente dimenticata la sensazione del suo pene contro la mia fessura. Fece un passo avanti, spingendomi la schiena contro il muro.

Gli avvolsi le gambe attorno alla vita e si fermò un attimo, incrociando il mio sguardo. Mi martellava il cuore e facevo fatica a respirare, completamente rapita dai suoi occhi verdi.

"Tanto per essere chiari..." Inarcò leggermente il bacino contro il mio. Un'ondata di piacere mi attraversò e sussultai. "Voglio te. Soltanto te. Da sempre e per sempre."

Nonostante l'irrefrenabile eccitazione e desiderio, il mio cuore quasi esplose di gioia. Con un groppo in gola, potei soltanto annuire. Mi guardò intensamente e si spostò poco per affondare dentro di me, con un colpo secco. Trattenne il fiato e poggiò la fronte alla mia, restando fermo immobile. Riuscivo a sentire il suo cuore martellare contro la mia pelle. Dopo qualche secondo iniziò a muoversi lentamente, in profondità. Ero così bagnata che riusciva a scivolare ininterrottamente dentro di me senza la minima difficoltà. Sentendomi già vicinissima all'apice, provai a trattenermi. Ma il piacere cresceva sempre di più e diventò quasi impossibile farlo.

Strinsi le gambe attorno a lui e mi morsicai il labbro.

"Non farlo," mormorò, la voce come una carezza.

"Che cosa?" riuscii a chiedere, ansimando.

"Non trattenerti."

Si ritrasse leggermente e poi affondò completamente dentro di me. Mi lasciai andare, l'orgasmo così travolgente che lanciai un urlo acuto. Un altro colpo e seguì anche il suo. Si irrigidì come una statua e rilasciò un grugnito profondo, lasciando cadere la testa nell'incavo del mio collo mentre tremava e si svuotava dentro di me.

Per fortuna ero appoggiata a un muro, tra le braccia di Cade, altrimenti mi sarei sciolta ai suoi piedi. Restammo a lungo in quella posizione, col fiatone. Quando il battito del mio cuore iniziò a calmarsi gli passai una mano tra i ricci umidi, facendogli scivolare un dito sul viso e la spalla, seguendo il bordo della garza sulla ferita.

Sollevò la testa e mi guardò negli occhi "Puoi chiedermi se sto bene soltanto una volta ogni ora," disse, con un sorrisino che gli incurvava le labbra.

Feci una risata. "Ok, ci sto." Gli tracciai le sopracciglia arcuate con le dita. "Ti amo. E senza di te sono impazzita."

"Idem." Si fermò, deglutendo nervosamente con uno sguardo che mise a nudo la mia anima. "So che siamo stati lontani a lungo. Ma adesso pensa solo a ciò che è davvero importante — noi. E non permettere a niente o nessuno di dirti il contrario."

Dopodiché, chinò la testa e mi diede un bacio fugace ma passionale, prima di stringermi più saldamente per allontanarsi dal muro. "Mi sa che dobbiamo farci un'altra doccia."

Poco dopo, ci stavamo rilassando sul letto con un cartone di pizza. Mi girai a guardarlo, appoggiato sui cuscini con la luce soffusa che risplendeva sul suo petto tremendamente muscoloso, e pensai che forse un modo per amarlo così ardentemente senza perdere la ragione l'avrei trovato.

EPILOGO
Amelia

Guardai il cielo, blu scuro e puntellato di nuvole, e vidi un elicottero atterrare sulla piattaforma dietro la caserma di Willow Brook. Le eliche sollevavano dei vortici di polvere nella zona. L'elicottero barcollò, ma si stabilizzò in fretta. Era una tarda sera d'estate. Cade aveva passato due settimane intere a nord, per occuparsi di un incendio. Morivo dalla voglia di corrergli incontro e saltargli addosso, ma prima dovevo aspettare che il pilota e i passeggieri sbarcassero.

Una folata di vento mi scompigliò i capelli. Quando me li spostai dal viso, vidi Cade scendere dall'elicottero. Iniziò a martellarmi il cuore nel petto e non riuscii più a trattenermi. Iniziai a correre e lo raggiunsi mentre si stava caricando il borsone sulla spalla. Tra gli altri pompieri e il pilota, barcollò quando gli lanciai le braccia attorno al collo.

Mi prese al volo e mi strinse forte, la sua risata ovattata tra i miei capelli.

"Amelia, quante volte devo ricordarti di non fiondarti qui finché non è sicuro?" mi chiese il pilota.

Feci un passetto indietro e sollevai la testa per

guardare Fred, il pilota che era rimasto ferito nell'incidente dell'anno scorso. Aveva ripreso a lavorare e aveva aggiunto alla sua rotazione diverse tratte per le squadre hotshot di Willow Brook. Mi fece l'occhiolino, poi addolcì lo sguardo. "Sai che sono costretto a ripetertelo. Magari prima o poi mi darai pure retta."

Cade mi fece scivolare una mano ardente lungo la schiena, palpandomi poi il sedere. "No che non lo farà. È più testarda di me," disse con una risata.

Guardai Cade, incrociando i suoi occhi verdi, e provai una vampata di calore. Avevo appena passato due settimane senza di lui, quindi soltanto a vederlo il mio corpo impazzì di desiderio. La chimica che c'era sempre stata tra noi non si era ancora estinta. Durante la stagione degli incendi, che durava dalla primavera all'autunno, doveva partire spesso. Ormai le sue assenze non mi preoccupavano più come un tempo, ma scatenavano in me un desiderio così profondo che poteva essere placato soltanto dal suo ritorno.

Rimasi senza fiato e per un attimo dimenticai dove ci trovavamo. Finché qualcuno non gli lanciò un asciugamano in testa.

"Ma che cazzo?" mormorò mentre lo strappava via, guardandosi poi intorno.

Beck si stava avvicinando dalla caserma e sfoderò un sorriso. "Devo tenervi a bada, piccioncini. Com'è andata?" gli chiese, dandogli una pacca sulla spalla mentre raccoglieva l'asciugamano.

Ci incamminammo verso la caserma, mentre Cade mi stringeva saldamente la vita con un braccio. Ignorai qualsiasi conversazione attorno a noi, mentre lui stava aggiornando Beck e gli altri pompieri. Mi persi nel suo calore e nella sua forza per qualche minuto, finché non arrivai al limite.

"Bene, ragazzi. Cade deve tornare a casa," annunciai, prendendolo per mano e iniziando a trascinarlo via.

Beck inarcò un sopracciglio. "Sicuro di non volerti fare una doccia, prima?"

Mi girai a guardare i lineamenti cesellati e i ricci arruffati di Cade. Onestamente, aveva estremamente bisogno di una doccia. Aveva le braccia sporche di terra, il viso macchiato di fuliggine e probabilmente indossava ancora i vestiti del giorno prima. Per quanto fossi impaziente di averlo tutto per me, lo lasciai andare con riluttanza. "E va bene. Forse prima vuoi farti una doccia, vero?" chiesi a Cade, lanciandogli un'occhiata.

Sfoderò uno dei suoi sorrisini devastanti — mi si strinse la bocca dello stomaco e una vampata di calore mi avvolse — prima di annuire. "Non sarebbe male. Dammi giusto cinque minuti."

Si portò la mano alle labbra e baciò il palmo, poi si allontanò e seguì gli altri sul retro della caserma. Aprii la porta che portava all'ingresso e mi accomodai su una sedia vicino alla scrivania di Maisie.

Lei finì una telefonata e mi guardò. I suoi grandi occhi marroni erano così simili a quelli di sua nonna che ogni tanto sentivo una fitta al cuore al ricordo di Carol.

"Stai aspettando Cade?" mi chiese Maisie, riuscendo ad accennare un sorriso.

"Sì. Ho lasciato che prima si facesse una doccia. Poteva benissimo farsela appena arrivato a casa, ma dato che sono passati giorni..." Lasciai in sospeso la frase, stringendomi nelle spalle.

Non sarebbe stato educato dire a voce alta quello che pensavo. Probabilmente non l'avrei detto nemmeno a Lucy, ma non vedevo l'ora di strappare a Cade i vestiti di dosso e averlo tutto per me. Dato che io e Maisie non eravamo molto intime, sicuramente non gliel'avrei mai detto.

Maisie arrossì lievemente e annuì. "Sì, quando tornano si fiondano sempre alle docce. Questa volta non hanno nemmeno fatto tappa a Fairbanks, quindi..."

"Sono lerci," completai la frase con un sorriso.

In quel momento, la porta che dava sul retro si aprì ed entrò Beck. Gestiva l'altra squadra di Willow Brook, che a differenza di quella di Cade veniva chiamata come supporto e si spostava quindi per le emergenze. Maisie arrossì ancora più violentemente e abbassò lo sguardo, iniziando a scrivere qualcosa al computer. Molto curioso.

Beck mi salutò con un cenno del capo e appoggiò un gomito sul bancone. "Sei riuscita a inviare quegli ordini?" chiese a Maisie.

La sua coda di cavallo rimbalzò quando annuì, agitando i ricciolini da una parte all'altra. Non disse nulla e continuò a scrivere. Beck allungò la mano e prese un boccolo tra le dita, tirandolo verso di sé per poi lasciarlo andare.

Ero assolutamente affascinata. Ci sapeva proprio fare con le donne. Non aveva certo bisogno di sfoderare tecniche di seduzione con quei ricci neri, i meravigliosi occhi verdi e il fisico statuario. Soltanto Cade mi faceva venire le farfalle nello stomaco, ma non ero certo cieca.

Maisie sollevò la testa proprio quando Cade aprì la porta. Qualsiasi cosa volesse dire, si morse la lingua. Rossa come un peperone, lanciò un'occhiata a Beck. Cade non li degnò di uno sguardo. "A domani, Maisie," disse.

Annuì e intervenne Beck. "Ci vediamo più tardi al Wildlands?"

Cade si girò a guardarmi e il mio stomaco fece una capriola. Poi si rigirò verso Beck e rispose, "No, grazie. Ci vediamo domani." Fece l'occhiolino e si avvicinò per prendermi per mano e uscire. La risata di Beck svanì quando la porta si chiuse alle nostre spalle.

In macchina, con la mano ardente di Cade sulla coscia, gli chiesi, "Cosa c'è tra Beck e Maisie?"

"Ah. L'hai notato anche tu, eh? Beh, ha una cotta per lei e non se n'è nemmeno reso conto."

Staccai lo sguardo dalla strada per guardarlo. "Beck ha una *cotta* per Maisie?"

Cade rise. "Mmhmm."

Dimenticai cosa stavo per dire quando mi fece scivolare la mano tra le cosce. "Accosta," disse, la sua voce roca che mi fece venire la pelle d'oca.

Il camenerio ondeggiava al vento, un'onda fucsia che costeggiava la strada. Il sole stava tramontando alle nostre spalle, risplendendo nello specchietto retrovisore tra le venature rossastre e dorate nel cielo. Il Denali svettava in lontananza, imponente e maestoso. Sapevo benissimo dove voleva che mi fermassi: in una stradina sterrata poco più avanti che si snodava tra gli alberi, verso un lago nascosto nella boscaglia. Questa zona di Willow Brook era praticamente deserta, dato che quel tratto di foresta era una zona sotto tutela. In quell'ultimo anno avevamo visitato quasi tutti i nostri vecchi posti preferiti, ma lì non c'eravamo ancora tornati. Quando ai tempi avevamo bisogno di un posto dove pomiciare in pace, andavamo lì.

Con il corpo in fiamme e la mente concentrata esclusivamente su Cade presi la stradina, quasi completamente nascosta dall'erba alta e i fiori. In pochi secondi eravamo nascosti dai rami degli abeti rossi. Non riuscivo quasi più a ragionare, dato che Cade aveva deciso di farmi impazzire sbottonandomi i pantaloni per infilarci dentro la mano. Parcheggiai vicino al lago e mi girai a baciarlo.

In un intreccio di gambe e braccia, riuscimmo a toglierci i jeans senza mai staccarci dal bacio. Mi misi a cavalcioni sopra di lui e mi abbassai, avvolgendomi attorno alla sua pulsante erezione. Lo presi fino in fondo e mi fermai quando pronunciò il mio nome.

Mi accarezzò il viso con il dorso delle dita. "Mi sei mancata," disse con voce profonda.

Travolta dalle emozioni, dovetti riprendere fiato prima di parlare. "Anche tu."

"Mi è venuta un'idea." Mi tracciò la bocca con un dito, che presi tra le labbra e iniziai a succhiare. Lo tolse quasi subito, lasciandomi una scia umida sul collo e l'osso della clavicola.

"Che cosa?" gracchiai.

Se non avessi iniziato a muovermi subito, sarei potuta esplodere.

"Sposiamoci."

Il mio cuore prese il volo. "Dici sul serio?"

"Non so perché non l'abbiamo già fatto. Ci stavo pensando in questi giorni. Se ogni volta che ti sto lontano mi manchi così da impazzire, tanto vale rendere la nostra relazione ufficiale. Secondo me organizzare un matrimonio è una perdita di tempo, ma se vuoi farlo comunque..."

Gli presi il viso tra le mani e gli coprii il viso e le labbra di baci. "Niente nozze. Non fanno per me. Odio l'organizzazione e tutto il resto. Sono tutte stronzate. Andiamo in comune a ufficializzarlo e chiudiamola lì. Poi magari possiamo organizzare una bella festa."

"Perfetto," mormorò sulle mie labbra.

Portò indietro la testa, guardandomi con occhi che esprimevano più di quanto potessero dire le parole.

Fece un respiro profondo, mi afferrò per i fianchi e mi sollevò, per poi lasciarmi ricadere violentemente su di lui.

Dopo due settimane senza di lui, il mio corpo era al limite e raggiunsi l'orgasmo praticamente subito. Sbattei la testa al tettuccio della macchina, ma con lui dentro di me, non me ne resi quasi conto.

CADE

Seduto al bancone della cucina, guardavo il prato dalla finestra. Il terreno che tanto tempo prima io e Amelia avevamo tanto desiderato. Dopo varie peripezie, era finalmente nostro, la casa era nostra, Amelia era mia e io ero suo. Mi dava le spalle mentre impostava il timer del forno. Prima di tornare a casa, avevo dovuto portarla in una stradina appartata per una sveltina, perché morivo dalla voglia di possederla. Seguii con lo sguardo le curve rigogliose dei suoi fianchi e del fondoschiena. Aveva i capelli bagnati dopo essersi fatta una doccia e i piedi nudi. Ero stanco morto, ma tremendamente felice.

La vita di un hotshot non era affatto entusiasmante. Era un lavoro faticosissimo e pericoloso. Ma ormai io c'ero già abituato da anni, da molto prima di tornare a Willow Brook. Non avrei mai pensato che mi sarei potuto sentire così solo durante le trasferte. Tornare a casa da Amelia era una sensazione bellissima e appagante e ormai non riuscivo nemmeno più a immaginare la mia vita senza di lei. Proprio quello mi aveva spinto a chiederle finalmente di sposarmi. Non l'avevo fatto prima semplicemente perché non ne avevo sentito il bisogno. Quando non aveva esitato un secondo ad accettare, un sollievo immenso mi travolse e mi ero reso conto di quanta strada avessimo fatto di nuovo insieme.

Scivolai giù dallo sgabello e mi misi alle sue spalle per abbracciarla. La sentii sussultare, ma si rilassò subito contro di me e mi appoggiò la testa sulla spalla, sollevando lo sguardo sul mio. "Sì?"

"Niente. Volevo solo darti questo." Chinai la testa e la baciai dolcemente sulle labbra.

Nel prossimo romanzo della serie Il Fuoco Della Passione:

Cerchi un'altra storia d'amore focosa tra un'eroina e un hotshot? A seguire, la storia di Maisie e Beck in A Fuoco Lento. Beck è un donnaiolo di professione che fa impazzire Maisie. Riuscirà a conquistarla? "Un racconto che ti terrà col fiato sospeso, la storia di un amore ardente all'insegna dell'erotismo." Non perderti la storia di Beck!

Prenota usando 1-Click: **A Fuoco Lento**

L'AUTORE

J. H. Croix, autrice bestseller americana, vive con il marito e due cani molto viziati in una piccola cittadina del Maine. Croix scrive romanzi contemporanei da capogiro, con eroine grintose e maschi alfa che non hanno paura di mettere a nudo le proprie emozioni. Il suo amore per i borghi suggestivi e i loro abitanti traspare dalla sua scrittura. Lasciatevi trasportare nel mondo turbolento dei suoi romanzi bestseller!

jhcroixauthor.com

jhcroix@jhcroix.com